ギィ=ド=モーパッサン

モーパッサン

●人と思想

村松 定史 著

131

CenturyBooks 清水書院

はじめに

エミール＝ゾラの言葉を借りるなら、まさしく「彗星のごとく」一九世紀の後半を駆け抜けたギィ＝ド＝モーパッサンの生涯は、四三年。三〇歳前後からおよそ一〇年の間に、詩集一巻、紀行三巻、戯曲七編、長編小説六編、そして、実に三百余編の中・短編小説を書いた。それぞれは、雑誌掲載や新聞連載の後、刊行本として出版され、短編については、年間ほぼ三冊のペースで短編集として世に出る。のみならず、複数の定期刊行物に契約を持ち、社会、文芸、絵画などの時評をも多数発表している。

発表作品のうちでも、とりわけ短編はいずれ劣らぬ傑作と認められ、しかもフランス国内にとどまらず、世界的文名を短期の内に得るにいたったのは、真に驚くべきことといってよい。フランス人ないしフランスに広く通ずるほどの者にとっては、モーパッサンといえば、艶種に材を多く取るところから、まずはエロチックな大衆読み物の巧みな書き手として認識されている。事実、最初に活字となった詩は、猥褻《わいせつ》のかどで裁判所の召喚を受けるほどのものであった。

ところが、三十路を越えるや、中編小説「脂肪の塊」が絶讃を浴びたのを皮切りに、怒濤のごとく書きに書いて、その筆の確かさと多産なることにおいて、堂々たる第一線の作家として世を瞠目《どうもく》せしめたのである。

写実の精巧さ、筋の組み立ての上手さ、そして人間の表裏、愛憎をあますところなく描きつくす筆力は、なるほど自然主義作家の雄と評価されるにふさわしい。

無論よく知られるように、完璧なる文体技巧の習熟は、同郷の師ギュスターヴ＝フローベールの懇切なる薫育のたまものによる。まったく同一の二粒の砂はない、おのおのをはっきりと特殊化し他から識別すること、そこに独創が生まれることをフローベールはモーパッサンにたたき込む。

そして、観察眼の鍛練とともに、モーパッサンに幸いしたのは、モーパッサン自身の生への欲求の強さである。ボート漕ぎに汗を流し、飽食を貪欲に満たし、性において飽くことを知らない、獣的とさえいえる性格の本質が、ここに強靱な一作家を生み出させたといえよう。

世界中で読み続けられているモーパッサンは、日本においてもちょうど作家が没した一九世紀末の、明治三〇年ころより、まずは英訳を通して翻訳紹介される。わが国のいわゆる自然主義時代にその時期は一致し、影響を受けた作家に、永井荷風、島崎藤村、国木田独歩、田山花袋らがいた。大正、昭和、平成と、時を追ってフランス語からの翻訳はおびただしい数にのぼる。単行本、選集、文学全集や各種文庫への収録、そして、児童ものとしても読者層を広げてきた。

そうした翻訳書の中でも特筆すべきは、一九六五～六六年に春陽堂書店より刊行の『モーパッサン全集』全三巻であろう。いずれも名訳で知られた複数の訳者の手になり、大西忠雄の長大な「生涯と作品」を巻末に付して、まさしく決定版全集と呼ぶにふさわしい。

そこで、三〇〇を越える作品に多々佳訳のあるのにもここでは敢えて眼をつむり、読者の徒らな混乱を避けるため、本全集のみに依るところを頼った。つまり、作品の邦訳題名はいっさいこれによるものと統一した。また、キーワードとなる訳語の多くも借用した。作品の翻訳を読みつつ本書を手引きとしていただく際の便利を考えてのことであるが、これに準拠したことをあらかじめお断りし、謝して御礼申し上げるしだいである。なお、右全集には、原題および訳題による初出年月日、発表紙などのリストも完備されているから、本書で網羅しえなかった原題などの詳細は参照されたい。

本書は、前半で作家の誕生から死にいたる全生涯をほぼ年譜にしたがってたどり、後半で作品の内容を解説する形をとった。モーパッサンの生涯は長くはないが、いわゆる隠棲型の作家ではなく転居や大小の旅行が実に多い。その移動のこまかいものはかなり省略したが、それでも煩瑣《はんさ》を厭う読者もあるかもしれない。パリを離れることの多かった理由は三つある。ボートやヨットに乗ることを愛好したので、パリ郊外や南フランスへ頻繁に出かけたこと。頭痛や神経症に半生を悩まされたので、湯治や転地療養のため温泉地などにしばしば滞在したこと。そして、故郷ノルマンディーをはじめ北アフリカにいたるまで、旅そのものを愛したからである。

作家の生活をたどりながら、享楽し苦悩し、しかも文筆にはひたすら邁進していくその素顔を描こうと試みた。そして、陸続と生み出されていく作品群にもできる限り多く触れるように努めた。作品の詳しい内容については、詩、中・短編、長編に分けて論じた。三〇〇編を越える短編のすべてを紹介することはできない。主題によって分類し、テーマごとにいく編かずつ取り上げ、関連作品をなるべく掲げておいた。

モーパッサンはたしかにすぐれた短編作家であるが、短編小説しか書かなかったわけではない。あまり知られていない詩作品や、『女の一生』を除けば一般に読まれることの少ない長編小説をすべて取り上げ、紀行にも触れておいた。モーパッサン文学の全容を俯瞰《ふかん》するには不可欠と考えたからである。とかく、官能や恐怖や悲惨さを描く作家とのみ評されがちなモーパッサンであるが、その一生と作品を丹念に読み解くうちに、徹底した人間研究の作家であることに気づかれると思う。そして、フランス文学の伝統をひく、人とは何かを問い続ける人間探究の文学者であったことが明らかになることだろう。

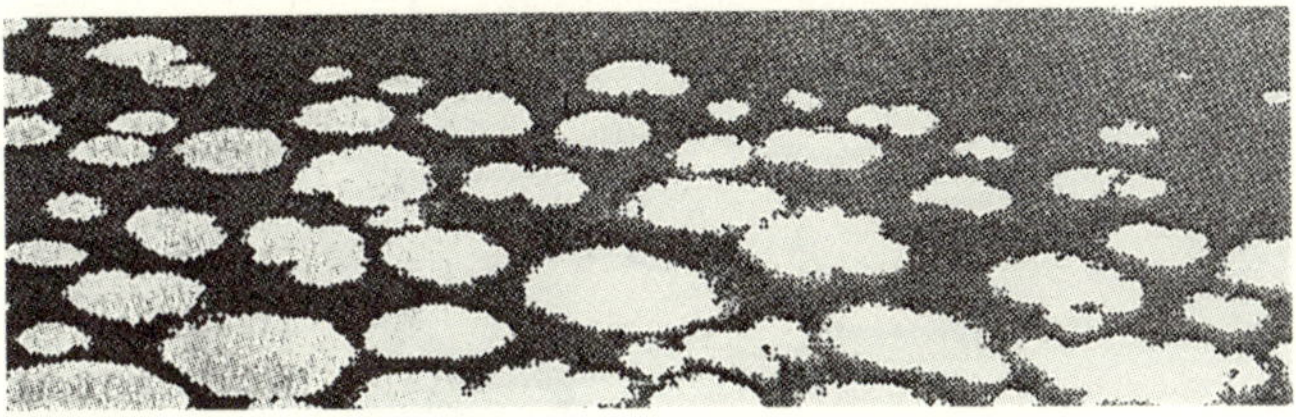

目次

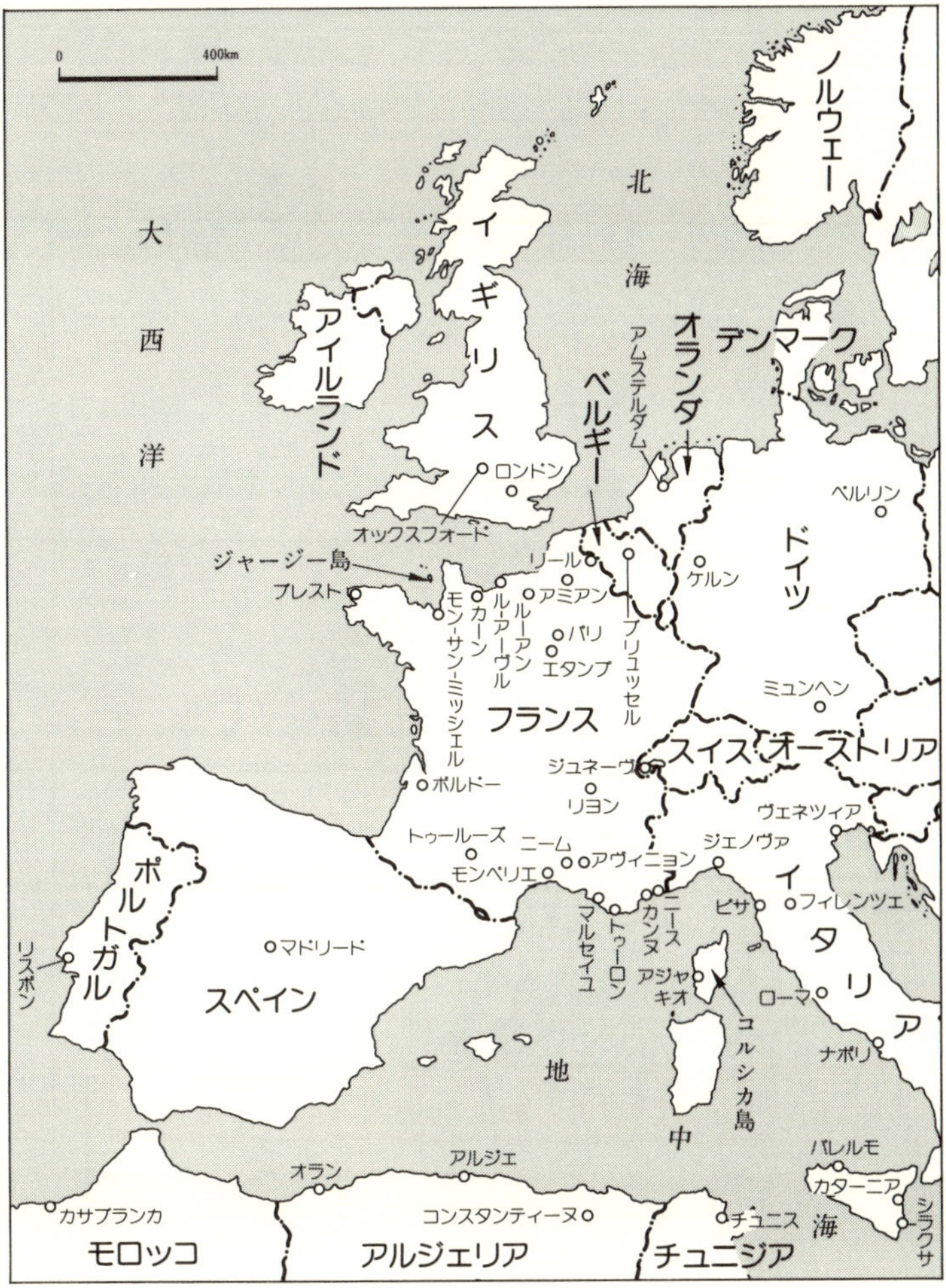

モーパッサン関連地図(1)

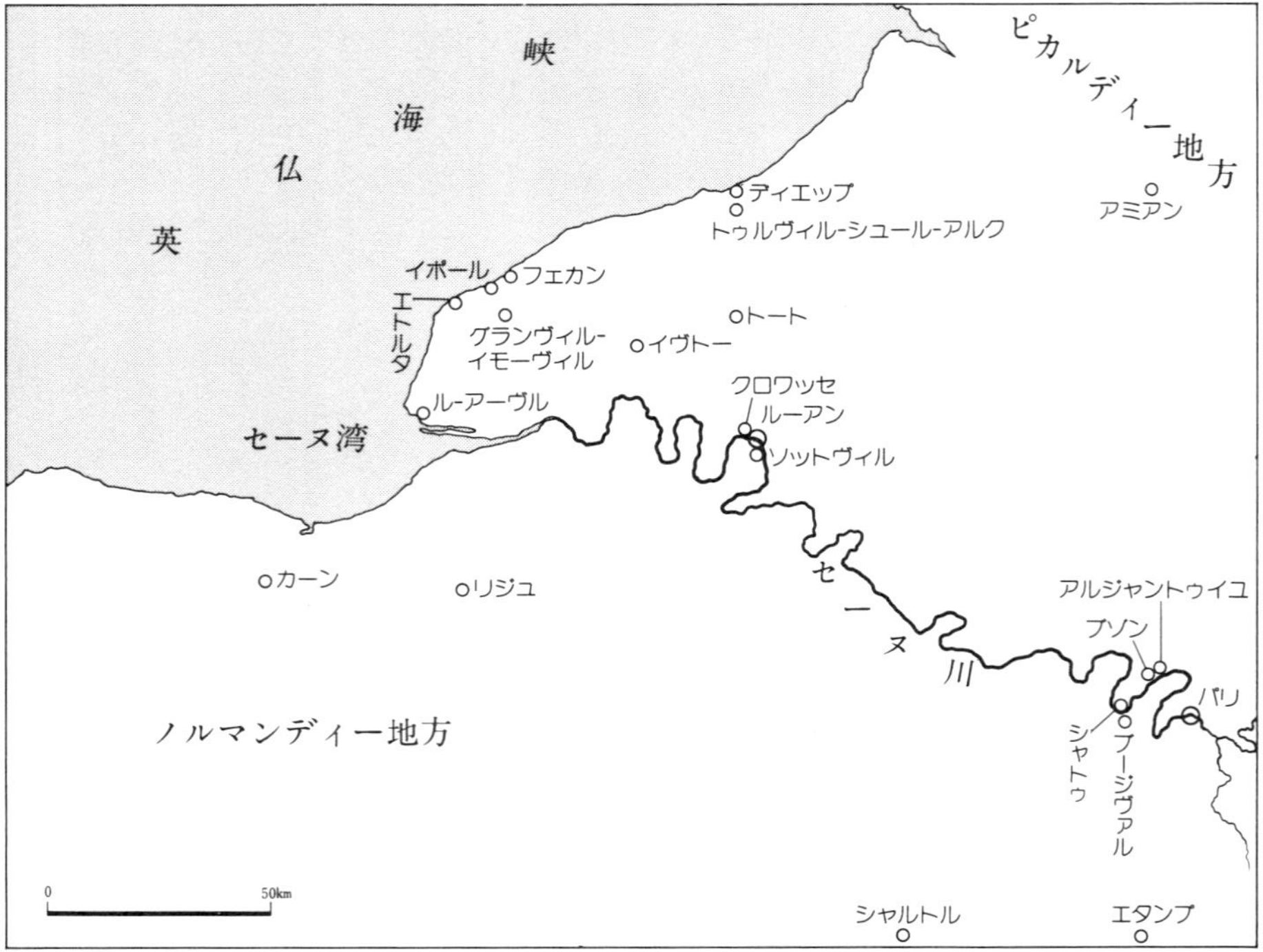

モーパッサン関連地図(2)

I　モーパッサンの生涯

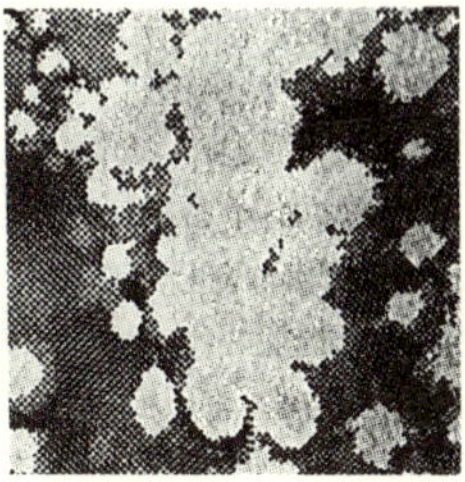

温暖なノルマンディーで

出生地の秘密　フランス共和国の本土は、よく六角形にたとえられる。そのエグザゴン（六角形）の左肩、英仏海峡に面したノルマンディー地方が、小説家ギィ＝ド＝モーパッサンの故郷である。

海洋性気象のおかげで一年を通じて雨量が多く、気候が温暖なこのフランス北西部には、九世紀ころから北欧のヴァイキングたちが移り住んだ。ノルマンディーという名も、そのノルマン人（北方の人）に由来している。金髪、碧い眼、白い肌、といった人種的な特徴は、今日でもノルマンディー地方の人々の中に名残りをとどめている。

この地方は、フランス随一の農業、牧畜地帯として知られている。ひろびろとした牧草地、ゆっくりと草をはむ牛の群れ、蕭々《しょうしょう》と雨にうたれるリンゴ園、そこにはおだやかな田園風景が広がっている。点在する大小の村、尖塔《せんとう》をのぞかせるかつての荘園屋敷、これを囲むように肩を寄せ合う藁葺《わらぶき》の屋根。まさに牧歌的と呼ぶにふさわしいが、農牧民の性格は個人主義的で土地への執着が強く、昔から土着の気質を保持している。一方、石灰質の断崖が白く眼を焼く海岸沿いには、古くよ

ミロメニルの館
筆者撮影

り漁港、商業港が発達した。また景観のよさと、パリから一五〇キロから二〇〇キロという地の利もあって、一九世紀ころから都会の人々の海浜保養地としても発達してきた。

そうしたリゾート地の一つでもある古い港町ディエップから遠からぬ、トゥルヴィル-シュール-アルク村のミロメニルの館でモーパッサンは生まれたとされている。というのも、出生届がトゥルヴィル-シュール-アルクの役場に出されてはいるものの、本当の出生地については諸説あるからだ。さらに西に寄った港町フェカンはじめ、同じセーヌ-マリティーム県内の地名がいくつか生地として挙げられている。しかし、死亡証明書に記載されていたソットヴィルを生地となすのが誤りであることだけは確かなようだ。

今日なお現存するミロメニル館は、見上げるようなブナの大並木のむこうに、淡いバラ色のレンガと、灰白色の石造りの正面を見せて、一七世紀建築の壮麗な姿を保っている。樹齢一〇〇年の樹木と折々の草花に囲まれ、前に広がる緑のじゅうたんの上では羊たちが遊び、時に「モーパッサン生誕の地」を訪れる観光客のさざめきも、あたりの森の静寂に吸い込まれていくようだ。ミロメニルの名称は、一八世紀にここに住んでいた侯爵の家名に由来している。

モーパッサン家が一八四九年から一八五三年までこの館を借り受けて住んでいたのは確からしい。海浜の町ディエップから南の内陸に七キロ入った小村のはずれとはいえ、由緒正しいミロメニルの館が、とりわけ母ロールの好みであったろうことは想像に難くない。そこで、自分の故郷でもある魚臭い小商人の町フェカンを嫌い、わが子の生誕地をミロメニルとし、庶民的イメージを隠蔽しようとしたのも、気位が高く虚栄心の強い母ロールのなせるわざと憶測されるのである。実は今日、ギィ＝ド＝モーパッサン河岸と呼ばれるスー＝ル＝ボワ街の母の生家でギィは生まれ、ただちにミロメニルに運ばれたというのが真相のように思える。

ともあれ、ギィは一八五〇年八月五日に生をうけ、八月二〇日、ミロメニル館の礼拝堂で略式洗礼、一八五一年八月一七日、トゥルヴィル＝シュール＝アルクの教会で洗礼をなされている。

母と父

ギィ＝ド＝モーパッサの母ロール（一八二一〜一九〇三）は、ルーアンなどに製糸工場をもつノルマンディーではブルジョアといえるポワトヴァン家の孫娘。母方は漁師町フェカンの船主である。ロールは、ギリシャ語、ラテン語、英語、イタリア語に多少の知識があったと伝えられる教養人で、作家モーパッサンを育て、生涯を通じて文学上の相談相手ともなる。兄アルフレッドは詩人、その友のフローベールとルイ＝ブイエは文学者となるが、ロールは彼らの幼なじみで、芸術上の影響を受けながら育つ。兄の与えてくれたシェイクスピアについての教養を、今度

父ギュスターヴ（左）と母ロール

は息子ギィへと注ぎ、『真夏の夜の夢』や『マクベス』によって、空想や想像の世界に遊ぶことを学ばせる。しかし、ロールは知的で文学的な反面、自尊心が高く、ヒステリーで神経症の持病もあり、それら悪《あ》しき面もまた、ギィにそっくり生前贈与されることになるのである。

一方、ギィの父方の祖先は、一八世紀ころロレーヌ地方からノルマンディーに移ってきた成り上がり貴族の一門にさかのぼる。父ギュスターヴ（一八二一～九九）が貴族の称号「ド」の権利を法的に得るのは、一八四六年七月、ロールとの結婚直前のことである。ギュスターヴの父、すなわちギィ＝ド＝モーパッサンの祖父が、税務監督、官営煙草販売などの仕事にたずさわっていたので、ギュスターヴはその資産に頼り、ほとんど職といえるほどの職にはついていない。

したがって、父ギュスターヴはルーアンの平凡な一田舎紳士にすぎなかったが、その特徴の二、三を挙げれば、いささかの画才と女好きといえよう。スケッチをしているギュスターヴ＝モーパッサンの肖像画（イッポリット＝ベランジェによる）が、ルーアン市立美術館に所蔵されている。現在は一般展示されておらず、見るには館長の許可があらかじめ必要だが、それは、一見、好男子風の青年のおもかげを伝えている。

またギュスターヴ自身の水彩風景画も残っており、美術展への出品もこころみられたが、絵筆をもって大成するにはいたらなかった。こうした父の絵画への嗜好が、ギィの芸術になにがしか及んでいるにしても、むしろ好色の遺伝子の方が確実に受け継がれたようだ。

一八四六年一一月九日、ギュスターヴとロールはルーアンで結婚する。すでにギュスターヴの妹ルイーズとロールの兄アルフレッドが結婚していたから、モーパッサン家の兄妹とル＝ポワトヴァン家の姉弟という二組のカップルによって両家は二重に結ばれたことになる。

激動の時代に

ちょうどモーパッサンの生きた一九世紀後半は、政情不穏の続く中、近代国家形成への最後の荒波をフランスが乗り切ろうとしていた時期である。すでにナポレオン＝ボナパルト時代に始まっていたフランス産業革命は、一八三〇年の七月革命を経てさらに進行する。ところが、あらたな市民層の経済的成長にもかかわらず、政治上の発言権は拡張されない。そうした不満をきっかけに、一八四八年に二月革命が起こる。そしてこの第二共和政の社会的ムードに乗じて、ナポレオン一世の甥シャルル＝ルイ＝ナポレオン＝ボナパルトが大統領の座につく。ついで、一八五一年一二月のクーデタ、そして人民投票による支持を受けて第二帝政が開始され、ナポレオン三世の権力体制によるボナパルティスムの時代がしばらく続く。

やがて一八七〇〜七一年、普仏戦争の試練を経た後、国民議会による第三共和政へとたどり着くのである。共和派、王党派、そして様々な小党の対立抗争。時に沈滞し、時に急進的な各党の動きと、政治家たちの暗躍。そうした乱雲の下での民衆たちの意識には、二つの特徴が指摘できる。まず一つは、パリ－コミューンなどをはじめとする労働者階級のあらたな台頭にもかかわらず、地方では保守的傾向が、いぜん根強いものであったこと。旧制度を徐々に解体しながらも、ことに農村地域での共同体としての社会的慣習や、農民層の頑迷さは、容易に改善されるものではなかった。いま一つは、プロイセンとの戦いが生んだ、意想外の愛国心である。

一八七〇年七月一九日、フランスはプロイセンに宣戦布告。戦況はフランス軍にはきわめて不利に展開、年の明けぬうちにパリは陥落。翌年、休戦を余儀なくされ、アルザス、ロレーヌの割譲ほか屈辱的な条件の講和条約が結ばれる。ところが、プロイセン軍の電撃的勝利で、大半の戦闘が短期間に終結してしまったにもかかわらず、国民軍として一時的にであれ一度は銃をにぎった民衆たちの、いったん燃え上がった愛国の情熱と敵兵への嫌悪は、なかなかに消えない。国民ひとりひとりの内に芽をふいた愛国心と反プロイセンの熱はしばし燃え続けるのである。

目まぐるしく変わる政権交代劇をよそに、庶民は庶民なりの生き方を貫いていく。モーパッサンは、そんな地方の生活者や、都会の勤め人の日常にじっと目をすえる。有産階級であろうが貧民であろうが、時に保守的な、時に愛国的な思念や行動を持つそのありのままの姿を描きとどめる。三〇〇編を越える短編小説の内、「戦争もの」「農民もの」「役人もの」に、とりわけそれらがよく描かれている。何よりもまず、時代の生きた記録者としての自然主義作家がそこにいるといえよう。

一八五七年の『ボヴァリー夫人』と『悪の華』の、出版およびその裁判事件に象徴されるように、一九世紀後半は、ロマン主義を脱し新しい文学の視点が世に問われた時代である。小説にユゴー、フローベール、ゾラ、詩にボードレール、ランボー、ヴェルレーヌ、マラルメときわめて豊穣な時でもあった。詩は、暗示性、音楽性を通して象徴主義に到達し、小説は、写実と実証により自然主義の確立をはかる。ちょうど鉄道、電気、医学などの各分野で科学が目ざましい発達を見せ、そうした物質文明が文学の上にも同調や反発を引き起こす。この多様な流れの中で、モーパッサンは写実主義小説のうちでも、固有の作風を作り上げていくことになる。

エトルタの少年時代

一八五〇年代のモーパッサン家は、まだ経済的不安もなく、ルーアン、フェカン、エトルタなどノルマンディーの各地や、また時にはパリに時を過ごしている。鉄道が、一八四三年にはパリ～ルーアン間に、一八四七年にはルーアン～ル・アーヴル間に開通したことも幸いしている。一八五四年、ギィが四歳のとき、モーパッサン一家はミロメニルの館から、ルーアーヴル郡、グランヴィルーイモーヴィルの、前よりは小さな白い城館に移る。フェカンから南へ二〇キロのところで、『女の一生』で描かれる「レープープル」（ポプラの意）の館はまさしくこの屋敷であり、父ギュスターヴが小説同様、女中と問題を起こしたのもここである。ギィ六歳の一八五六年五月一九日、弟エルヴェが生まれる。

このころ、典型的な海辺のリゾート地であるエトルタに、一家はたびたび休暇を過ごしている。エトルタはルーアンから西七〇キロほどにあり、英仏海峡にのぞみ、海からそそり立つ高い崖が続いている。海岸線は弧を描いて一・五キロにおよび、アヴァルの崖は波の浸食で美しいアーチを見せている。ドーヴァー海峡をのぞむディエップから西の海岸線に沿って、フェカン、エトルタ、そしてルーアーヴルにいたる光景を、モーパッサンは後に短編「牧童地獄」（一八八二）や「モデル」（一八八三）で描いて見せる。

エトルタを一家は大いに気に入り、一八五八年、海岸からほど近いところに「レーヴェルギー」（果樹園の意）と呼ばれる屋敷を買う。一八世紀の大きな家で、古風な家具やルーアン製の陶器で飾られ、庭には季節の花が咲き、高い樹々が木陰をつくっていた。海からも近いこの家で、ギィは幼少年期の多くを過ごす。海辺のホテルや別荘には、パリのブルジョアや芸術家たちが滞在し、しゃれた都会風の空気も感じられた。海景や田園を描くクールベやコローらの画家の姿も見かけられたに違いない。

ギィはそんな海辺で、水と戯れ、舟遊びに夢中になり、漁師の子のように元気に育っていく。自然や漁民・農民らと親しみ、未来の作品にあふれ出る自然への愛着は、こうした生活環境から培われていったといってよい。二十数年後、次々と発表される「いなか娘のはなし」「ロバ」「こじき」「帰郷」など田舎人を題材とした小説は、このころからの体験や土地の人々の性情、習俗の見聞に発している。

両親の離婚

日焼けしたわんぱく少年は、学校の教科と操行は上々で、九〜一〇歳、パリのナポレオン帝室高等中学校（現在のアンリ四世校）に通った折も、成績と学習態度は良好である。それは一八五九年のことで、家族でパリに移ったのは、金銭上困ることが起きて、父ギュスターヴがパリの銀行に職を見つけたからである。一家のはじめの落ち着き先は、パッシーのデュ-マルシェ街三番地であった。

ギィは、作文で一等賞を取るほどのりこうな子供であるだけに、鋭敏な観察力と感受性をそなえていて、人の欠陥や弱点をとらえてはからかったり、悪戯を楽しむ子供でもあった。父ギュスターヴが、息子をだしに他の女に会いに行こうとするのを察知したギィが、父をへこますような皮肉な態度を取ったというエピソードも、一〇歳足らずのころのことである。

ふしだらな父と、高慢で神経発作の持病をもつ過敏な母とのいさかいを目の当たりにして、ギィは生涯消えぬ精神的ショックを受ける。一八六〇年の暮れには、両親はついに別居するところとなり、父ギュスターヴだけがパリに残って生活を立てる。母ロールは、エトルタのヴェルギー荘に息子二人と住むことになる。一八六二年、協議の末、両親は離婚。父はエトルタに養育費を一八八二年まで仕送りすることとなる。ギィが一二歳の折である。後に、ギィは学業を終えてパリに出ると、父との関係を再開しているが、母ロールの強い影響の下に育ったせいか、父への批判的態度には、母親譲りのところがある。「ボーイ、もう一杯！」（一八八四）という短編は、少年時に両親のいざこざで心が傷ついた男が一生を棒に振る話で、これにはそうした自伝的要素が強く感じられる。

神学校の寄宿生活

一八六三年一〇月、一三歳になったギィは、イヴトーの寄宿学校にはいる。エトルタから東、ルーアンへの街道の中間点にある田舎町イヴトーの神学校である。当時のフランスの中・上流家庭の例にもれず、寄宿生となる前に、すでにエトルタで家庭教師としてオブール副司祭から学科の勉強は学んでいたものの、神学校の厳しい規律や宗教教育にはなじめず、反発を感じる。だが、校則という枷が、むしろギィを文学へと向かわせるきっかけを作った。評価は、従順で勤勉。成績はここでもよいが、作文やラテン語が最優秀といえるほどなのに、理数系にはあまり興味を示していない。寄宿生活の息苦しさのなかで、ギィは詩を書き始める。これまでたっぷりと大気と陽光を吸って、のびのびエトルタで成長してきた少年にとって、詩は唯一の慰め、抑圧のはけ口であった。

イヴトーの町に関して、モーパッサンは後に、修道院と神父、偽善と倦怠が支配し、抹香臭さが町全体をおおっていると語る。同じノルマンディー出のフローベールも手紙などの中で、「味気ない無価値な場所」の代名詞としてイヴトーの名を引き合いに出している。

まったくの偶然ではあるが、この神学校には、ちょうど同い年、一八五〇年生まれのラフカディオ＝ハーン、後の小泉八雲も一時在籍している。期間は短くモーパッサンと相識ることはなかったが、時代を同じくしてやがて文学的な成功をそれぞれに勝ちえていくのである。ハーンは一九歳にしてすでに親族の破産や不幸により、無一文でアメリカに渡る。苦難の末、ニューオーリンズでジャーナリストとして地位を得る。さまざまの時評に健筆を振るうかたわら、テオフィル＝ゴーチエ、ピエール＝ロチとならんでギィ＝ド＝モーパッサンをもいち早く評価し、その英訳紹介につとめる。それでも生涯、知己にはいたらぬままに終わる。

一八六六年春、規律の厳しい味気ないばかりの寄宿生活に嫌気がさしていたギィを、母ロールは医者からの助言を口実に一時休学させる。それでも学年末の成績評価は、数学を除いて申し分なしである。一八六八年、ルソーの『新エロイーズ』に読みふける春休みが終わった五月、学校や教員を揶揄《やゆ》する大胆で反抗的な詩を書いたかどで、退学となる。押しつけがましい宗教教育と神学校の陰気さにうんざりしていたモーパッサン母子には、むしろ望むところだった。モーパッサン自身は、退学の原因は、無信仰と、学校の食糧部屋から酒を盗むといった様々の悪ふざけのせいであったと、後年語っている。

同年六月、ギィはルーアンの名門コルネイユ国立高等中学校の寄宿生として、修辞学級をあいかわらずよい成績で修了している。翌一八六九年に哲学学級（リセの最終学年）に進み、七月二七日、バカロレア（大学入学資格試験）に合格する。

フローベールとの出会い

ところで、放校になるまでの寄宿生時代も陰鬱な日々ばかりではなかった。休暇ごとにエトルタに帰り、ボート遊びに興じ、思春期にふさわしい若い女性たちと交情を持ったのもこのころのことだ。当時書かれた詩の、艶めかしいくだりのいくつかは、そんなアヴァンチュールの体験によるもの。こうした詩作の試みと時を同じくして、ギィは三人の文学者と知り合う。いずれも後年の作家モーパッサンを産むいしずえとなる重大な邂逅《かいごう》であった。

出会いの第一は、一八六七年のフローベール訪問である。ルーアン市の西の郊外クロワッセに、ギュスターヴ゠フローベール（一八二一～八〇）をギィが訪ねたのは、秋のはじめである。フローベールは二五歳のとき、父についで最愛の妹カロリーヌを失い、失意の内に父の残したクロワッセの地にひき籠る。一八四六年のことである。以後、たまのパリ滞在と旅行のほかは、クロワッセにあって執筆に専念していた。

フローベールにギィを紹介したのは、母ロールである。フローベールとその妹カロリーヌ、ロールとその兄アルフレッド（一八一六～四八）は互いに幼友だちであり、ロールの父ポール＝ル＝ポワトヴァンはギュスターヴ＝フローベールの名づけ親でもある。フローベールやアルフレッドが幼年時代を過ごした一八三〇年の七月革命当時は、ブルジョア階層が力を盛り返したころで、有名な外科部長を父に持つフローベールも（後々はブルジョア嫌いになるにせよ）、裕福で気儘な子息として育つ。九歳の時すでに自作の劇を、アルフレッドやロールらを招いて上演している。

元来、フローベールとアルフレッドの母同士が娘時代からの親友で、両家は親しく交際していた。ルーアンの高等中学で年長の友であったアルフレッドは、やがて詩人、神秘思想家に成長し、フローベールの大の親友となる。思想や文学の形成の上で強い影響も受けている。フローベールの自伝的作品『狂人の手記』（一八三八）は、アルフレッドに捧げられているが、一八四八年、アルフレッドは若くして世を去り、父、妹につぐ友の死は、いたくフローベールを悲しませた。アルフレッドが残したのは詩と小説の習作のみだが、その文才から、いずれ大成することは疑いの余地がなかった。失恋、厭世、精神錯乱、そして病死。いかにもロマンティックな青年詩人の宿命的な死は、ギィ＝ド＝モーパッサン生誕の二年前のことである。

兄やフローベールの影響で文学好きに育ったロールが、成長した自慢の息子、しかも詩作を始めているギィを、ぜひフローベールに会わせたくなったのも無理はあるまい。フローベールが、かつての親友アルフレッドの面影をギィに見て、夢中になって文学指導をするのは、数年後のことだが、この時すでに快活で聡明な好青年の印象をフローベールは受ける。

ルイ＝ブイエの指導

ついでギィが、やはり母ロールの幼なじみのルイ＝ブイエ（一八二二〜六九）と相識ったのは翌一八六八年のことである。ルイ＝ブイエはルーアンに住む詩人・劇作家で、フローベールともアルフレッドとも親しかった。はじめはフローベールの父アシル＝フローベールの下で医学をこころざすが、やがて文学に惹かれて、息子ギュスターヴ＝フローベールと親しむようになったという経緯がある。

ルイ＝ブイエ

ブイエは一八二二年生まれ、フローベールの一つ年下で、フローベールがすでに学んでいたルーアン王立中学に一三歳の時転校してくる。だが、二人の親交が急速に深まるのは二五、六歳のころで、以後友情は生涯変わらず、フローベールにとってブイエは、創作上のもっとも頼りになる相談相手であった。詩に、古代ローマの女性に材を取る『メレニス』（一八五二）、人類の盛衰をうたう『化石』（一八五四）、詩劇に『マダム＝ド＝モンタルシー』（一八五六）、韻文歴史劇に『アンブロワーズの陰謀』（一八六六）などがあり、劇はパリのオデオン座で上演されている。劇作は他にもいく編かあり、遺稿となった『最後の歌』（一八七二）はフローベールが序文を付して出版し、二人の合作とされる夢幻劇『心の城』（一八八〇）も死後出版されている。

ちょうどギィがルーアンのコルネイユ校に移った折、ルイ＝ブイエに保証人になってもらったばかりか、ギィはその高踏派風の詩想と風貌にあこがれ、みずから教えを請う。詩人は快く指導を引き受ける。ブイエのビオレル街の書斎かフローベールのところで毎週のように会い、ギィの詩は上達を見るが、詩の内容は、思春期らしい恋愛や愛撫の情熱をうたい、時折それに虚無的瞑想が入り混じるといった態のものである。しかし、創作の薫陶も一年足らずで、一八六九年七月一八日のルイ＝ブイエの死によって終わる。才能と独創の精神という奥義がルイ＝ブイエによって教えられたものであることを、後年、モーパッサンは『ピエールとジャン』（一八八八）の序文で述べている。ブイエの急逝が、一九歳のギィに詩人への道を閉ざした、と後に母ロールは述懐している。

「エトルタのイギリス人」

右の二人のほかに、少年ギィが出会った文人に奇怪なイギリス人、スウィンバーンがいた。神学校を一時休学してエトルタにもどっていた一八六六年八月、溺れかけていた詩人を救助するのに手を貸したのが縁で、昼食に招待される。アルジャーノン＝チャールズ＝スウィンバーン（一八三七〜一九〇九）は、友人ポーウェルと大きな猿を相手に、エトルタの小別荘に暮らしていた。ロンドンの名門の家柄に生まれ、ギリシャ語をはじめフランス語、イタリア語に秀で、すでにギリシャ古典にもとづく詩劇『カリドンのアタランタ』や最初の詩集『ポエムとバラッド』でイギリスでは評価を得ていた。異教主義的、耽美的、虚無的なまさしく世紀末の感覚美の詩人ながら、その詩法や詩語の技巧、レトリックにおいて卓越したものがあった。

モーパッサンは出会いから十数年後、「エトルタのイギリス人」（一八八二）というコント風のエッセイでこの不気味な人物を回想している。容貌、嗜好、話題があまりに奇怪でサディスティックあるいはマゾヒスティックで悪趣味なのにギィは辟易したらしく、この衒学詩人を通して、エドガー＝アラン＝ポーやホフマンを連想し狂気と幻想の化身を見たようだ。

ところで、モーパッサンの初期の短編に「剝製の手」（一八七五）という作品がある。手首から切断された手の剝製が、持ち主の首を絞め狂死させるという筋である。切り取られた手が命あるもののように凶暴な力を発揮するというのは、一九世紀前半の作家ジェラール＝ド＝ネルヴァルの『栄光の手』（一八三二、後『魔法の手』に改題）をすぐに思い起こさせる。だが、モーパッサンにこのプロットを思いつかせたのは、スウィンバーンが所持していて後で譲り受けた干からびた手であったようだ。なぜなら、パリにモーパッサンが住むようになってから、暖炉のかたわらに、切り取られ皮をはがれた手が下げてあるのを見たという友人の証言があるからである。

役人暮らしと文学への道

パリ大学へ

一八六九年一〇月、パリ大学の法学部に登録する。父の住むモンセー街二番地の一階の小部屋に落ち着き、教室に通う。それは同時に、パリという都会で、世間を学び始めた時ともいえる。

選挙騒ぎ、パリ-コミューンへの動き、凶悪な犯罪、そして様々な娯楽場や歓楽街のにぎわい。第二帝政期のパリは、派手で少々浮わついた時代である。大資本家の権勢に続いて、中小実業家や商人たちが経済力を持ち始め、そうした新興ブルジョア階層を当て込んだ、オペラ、オペレッタ、コメディの舞台が夜ごと観客を集める。パリ人ばかりでなく、鉄道交通の発達が、地方の小金持ちをもパリへと運ぶ。スペクタクルの隆盛は、劇評やゴシップを満載した新聞の売れ行きをのばし、ジャーナリズム、演劇界、そして娼家が、もっとも華やかに見える時期を迎えていた。まだ漠然とにせよ、文学での成功を胸に秘めてパリに出たモーパッサンが、そうした劇場や新聞編集室や娼婦の館に、まず魅力を感じて惹きつけられたのは当然のことであったろう。

ところがここに、予想だにせぬ事件が起きる。一八七〇年七月、プロイセン国王の従弟がスペインの王位に即く即かぬという騒動が持ち上がり、フランスは動揺をきたす。欧州におけるこれまでのフランスの勢力が脅かされることに不安を覚え、事態を正確に把握せぬまま、フランスは早計にもプロイセンに宣戦を布告する。七月一六日、普仏戦争の勃発である。この戦争のため、モーパッサンも八月一五日、二〇歳と一〇日で召集を受け、ノルマンディーを転戦することとなる。当初は一兵卒として軍役に従うが、父などの強い勧めで、安全な部署に移るべく、経理部採用の試験を受け、ルーアン第二師団の経理事務所の配属となる。

普仏戦争の体験

一八七〇年九月、ベルギー国境近いスダンでフランス軍は敗北を喫し、ナポレオン三世は捕虜となる。皇帝は廃位し、共和政宣言がなされる。混乱の続く中で年が明け、一八七一年一月、パリはプロイセンの手に落ち、フランスは降伏。パリはコミューンの乱に突入する。モーパッサンは、一〇月に後任兵が来て軍役を解かれる。

戦争の準備怠りなかったプロイセン側にくらべ、フランスは急ごしらえの安直な軍陣であった上、とりわけ指導力に欠けていた。たちまちアルザス、ロレーヌが落ち、フランスの二、三割が占拠され、ノルマンディー地方も同様で、町や村は次々にプロイセン兵の手に落ちたのである。

ギィはそうした戦況の不利をよく知らぬまま転戦をつづけ、所属部隊もついには敗走するにいたり、寒さ、飢え、そして戦闘の恐怖を身をもって味わう。青年ギィの内には、素朴な愛国心と敵軍への憎悪ばかりが育っていく。こうして戦争の洗礼を受けたギィは、同時に居酒屋や悪所に足を踏み入れることも覚える。人生の門出ともいうべき多感なこの時期に、戦禍の体験がモーパッサンに与えた衝撃は大きかったといえよう。

モーパッサンという作家は、道徳にも宗教にも縛られない自由主義者、平和主義者である。そして、愛国心と過剰なほどのプロイセン嫌いは、明らかにこの戦争経験から来ている。また、従軍中のつぶさな人間観察の結果として、人それぞれの内奥に潜む獣的本能にギィは気づく。心的極限状態が、人をつきうごかす動物的ともいえる激情に、モーパッサンは、驚愕、賛嘆、そして絶望を感じ、文学をもって答えを求めるしかないことをすでに予感する。いずれ「脂肪の塊」に代表される戦争ものの中・短編小説の中に、それらは明らかに読み取れるところとなる。

役所勤めとボート漕ぎ

一八七二年、父方の祖父ジュール＝ド＝モーパッサンは事業不振で破産。したがってそれまで、これといった職を持たなかった父ギュスターヴも窮地に陥った。エトルタにいる妻ロールへの仕送りは、かろうじて続けても、パリでのギィの生活の面倒までは見かねた。父ギュスターヴの熱心な懇請により、ギィは海軍省への採用願書を出す。文学への志は戦争から戻って一層高まりつつあったが、ひとまず職を得なければ生活できないのは当然のことであった。父の知り合いに頼るが、なかなか欠員がなく、とりあえず無給の臨時職員となる。

一八七三年二月一日付で有給職員となるが、役所勤めの味気なさ、安い給与、俗物ばかりの同僚に、毎日が不満と愚痴の連続である。役所仕事のつまらなさに、勤務中も詩や作文にこっそり精を出し、事務机を離れるや、セーヌ川に駆けつけボート漕ぎと水泳に若い情熱のはけ口を求め、あとはひたすらエトルタで過ごす休暇のことばかり考える、そんな日々がしばらく続く。

夏は週二回はパリ北西の郊外、セーヌ河畔のアルジャントゥイユに寝泊まりする。共有のボート「バラの葉」号を仲間たちと乗り回すためである。メンバーの名は、レオン＝フォンテーヌ、アルベール＝ド＝ジョワンヴィル、ロベール＝パンションらで、漕艇と、はめをはずした青春の水遊びは、後日の短編「ハエ」（一八九〇）などに回想されるところとなる。

一八七四年の春、ギィは四等官となり給与が上がる。続く一八七五年にも昇給。だが、ギィが毎日、役所で顔を突き合わせているのは、小心で吝嗇《りんしょく》、上役の顔色ばかりうかがい、昇進だけが楽しみといういじましい小役人ばかり。いかにうんざりしていたかは、母ロールやフローベール宛の当時の手紙が物語っている。

フローベールの薫陶

すなわちこのころからギィは、本気で文学修行に身を削り始める。日曜日ごとに、ルーアン郊外クロワッセのフローベール宅か、師がパリにいるときはミュリヨ街を訪れ、本格的に詩や散文の添削指導を受ける。独創性を持つこと、描く対象を凝視すること、を教えこまれ、リアリズム作家モーパッサンの根底が作られていく。

フローベール

古今東西、かくも懇切な文学教育の例はまれだろう。フローベールが、牛のように頑丈でロマンティックのかけらもないこのノルマンディー出の青年をなぜこんなに気に入ってしまったのか。理由の一つは、ギィが幼友だちロールの子息、すなわち早世した親友アルフレッドの甥だったことであろう。竹馬の友であり、長じては文学上の親密な友であった詩人アルフレッドの再来とも思えて、フローベールはギィを厳しくもまた優しく慈しむのである。一八七四年九月、フローベールは『ブーヴァールとペキュシェ』の資料収集をギィに頼み、同年末、ギィは劇場に持ち込む前の戯曲二編をフローベールに目を通してもらっている。

一八七五年に地方誌「ポン-タ-ムソン-ロレーヌ年鑑」に載った短編小説「剝製の手」が、発表されたものの最初と思われる。友人ロベール＝パンションのつてで、ジョゼフ＝プリュニエなるペンネームで掲載している。

一流文学者たちとの交流

一八七五年はじめ、前年秋より病床にあった、ギィの祖父ジュール゠ド゠モーパッサンが死去し、相続問題で父とギィはまたひともめする。三月に母ロール宛の手紙の中で、画家ルロワールのアトリエで猥褻きわまりない芝居を上演しますと書いているのは、二年来、友人六人で合作していた笑劇「バラの葉、トルコ楼」のことである。売春宿の若いカップルを描いたこのエロティックな茶番劇は、四月一九日、ロベール゠パンション、レオン゠フォンテーヌ、モーリス゠ルロワール、オクターヴ゠ミルボー、そしてモーパッサンという男ばかりで、女役は女装して演じられた。モーパッサンは娼婦ラファエル役で出る。観客はその猥雑さに爆笑。二年後に、画家ベッカーのアトリエで再演の折には、フローベール、ツルゲーネフ、ゾラ、ゴンクール、それにギィの父も観に来ている。

一八七五年四月末、ノルマンディーで数日を過ごしてパリに戻ったギィは、ゾラから『ムーレ神父の過ち』(一八七五)の寄贈を受け礼状を送っている。夏は、ブゾン、シャトゥ、ブージヴァルと、パリ西郊のセーヌ川の曲折するあたりでボートと水泳に過ごし、八月の後半はエトルタで暮らしている。秋には、霊魂や超自然現象を素材にした小説や、庶民の強さや惨めさを扱った連作を試み、また、あらたな韻文喜劇にも手を染めている。

この年、フローベールは、義理の甥の破産を救うべく、一八六九年以来パリの住まいとしてきたミュリヨ街四番地のアパルトマンを引き払い、フォーブール゠サン゠トノレ街二四〇番地に移らざるをえなくなる。フローベールは、夏はルーアン郊外のクロワッセで、秋からはパリで過ごすのを習慣としていたが、モンソー公園のそばのミュリヨ街は、当代の文人たちがこれまでにいくたび訪れていたことか。小説家では、エミール＝ゾラ、ゴンクール兄弟、アルフォンス＝ドーデ、イワン＝セルゲーエヴィチ＝ツルゲーネフ、詩人ではカチュール＝マンデス、ジョゼ-マリア＝ド＝エレディア、批評家イポリート＝テーヌ……。芸術談義をたたかわせる自由な雰囲気は、ゴンクールの『日記』（一八八七〜九六）やドーデの『パリ三〇年』（一八八八）にうかがわれる通りである。

そして日曜日の午後には、いつも早く来て実作指導を受けていたモーパッサンがいて、一流文学者たちと近づきになる機会を待っていた。しかし最初は、この肉づきのよい、知性や才能より筋骨のまさった艶のいい丸顔の若者は、ボート漕ぎと水泳と女遊びに腕が立つのを自慢にしているノルマンディーの若者としてしか扱われなかった。

ステファヌ＝マラルメと知己を得て、ローマ街八九番地での「マラルメの火曜会」に顔を出すようになったのも一八七五年前後のことである。エドモン＝ド＝ゴンクールとの近づきは一八七五年の初頭と思われるが、はじめはきわめて友好的であったものの、後日、反目するところとなる。

どのポートレートにもおなじみの、見事な口髭をたくわえたのもこの一〇月からのこと。後に「口ひげ」（一八八三）というユーモラスな掌編《しょうへん》で、口髭こそ男子に欠かせぬもの、キスや愛撫の効能もてきめんと絶讃している。

一八七六年春、戯曲はオデオン座で断られるが、フローベールの指導の成果の一つが世に出る。二百余行の長詩「水のほとり」の雑誌掲載である。

長詩「水のほとり」

カチュール＝マンデスとアンリ＝ルジョンが編集する「文学共和国」誌に、ギィ＝ド＝ヴァルモンのペンネームで載るが、フローベールの強力な推挙をもってしても、採用までには相当に難航したらしい。理由は常套句と冗長な詩行、猥褻で露骨な内容のせいである。モーパッサンはむしろ不謹慎を承知の上で、あえて法廷に呼び出されかねない詩句を世間に投げつけ、評判を得ようとした節がある。それは、ある程度は成功した。

続いて「陽光一撃」など四編の詩が、やはり同誌に載る。これらには、モーパッサン一流の短編小説の結構がすでに兆している。さらに一八七六年秋には、「ギュスターヴ＝フローベール研究」なる評論を「文学共和国」に掲載。師匠とその作風の、愛弟子によるつぶさな分析で、フローベールは感激し感謝の手紙を書き送っている。また、書評や評論のほかに、月刊誌「モザイク」に短編二作も載っているから、一八七六年はギィにとって実質的にデヴューの年といえた。

しかし、心臓の苦しみや疱疹《ほうしん》の診察を受けており、この夏に梅毒に感染していたとの見方が強い。一〇月の手紙に示されている住所は、クローゼル街一七番地で、前よりはいくらか広いアパルトマンである。日曜日ごとのフローベール宅訪問はもとより、ユイスマンス、マンデス、ゾラなどとの食事や集まりにも呼ばれ、文学上の交際も広がっていく。ツルゲーネフと近づきを持ち作品の批評を乞うようになるのもこの時期のことである。

病いの兆し

一八七七年からの三年ほどは、文学上の成果はあまり上がっていない。というのも、体のあちこちの疾患が進行し、これに伴う精神的な落ち込みがひどかったからである。病気とは別に、憂鬱症の原因となっていたのが、海軍省内の会計課勤めであった。一八七七年一月一日付で昇進し、年俸二一〇〇フラン（現在の月収三〇〇〇フラン相当）、特別手当一五〇フランを得たものの、いやいやながらの勤務態度をとがめられてますます嫌気がさしている。また、事実、偏頭痛のため事務机をしばしば離れざるをえないこともあったようだ。なんとか早く他省へ職場変えをしようと、必死の画策を始める。

病いの兆候はすでにしばらく前からあって、心臓の不調や発疹などの診察を受け、薬を服用していたがかんばしい効果は得られていなかった。一八七七年一月の手紙で、ツルゲーネフはフローベールに「モーパッサンはかわいそうに全身の毛が抜け見る影もない」と書いている。同年三月の手紙でモーパッサンは「とうとう梅毒にやられた」と友人のパンションに書く。しかし、医師からは花柳病のたぐいではなく体質からくるリュウマチと診断され、効果のない投薬や温浴を続けていく。

ついに省内の衛生担当の指導で温泉療養の許可が出る。八月から二ヵ月の休暇を得て、スイスのロエシュ＝レ＝バンへ出かける。スイス南西部ヴァレー州の高山の湯治場は、硫酸塩、石膏質、石灰を含む泉質が、リュウマチ、循環器疾患、皮膚病の効能で定評がある。まさに症状にはうってつけに見えたが、初秋にパリにもどると日に焼けたばかりでこの温泉療法もギィにはなんの効果もなかったことがわかった。ただ、湯治客たちとの滞在生活と山岳の風光が、後の小品「温泉にて」や短編「山の宿」に題材やインスピレーションをもたらしたのは収穫だったといえる。

歓楽場 ラ゠グルヌイエール

ギィは、役所が引けるや、若さに任せて毎日のようにパリの西郊二〇キロほどにあるブージヴァルやアルジャントゥイユに駆けつけた。いずれもセーヌ川が大きく蛇行するあたりの避暑保養地として知られたところで、丘陵地をひかえた景観は芸術家たちを引きつけ、セーヌ河上の美しいきらめきは印象派の画家たちを魅了してやまなかった。しかし、ギィのようなパリからくる若者、舟遊びの連中が集まるのは、歓楽場ラ゠グルヌイエールである。その名も「蛙のいる沼地」の意味であるこの屋根つきの大筏は、ダンスホールもかねていたから、飲む者、歌う者、踊る者、わめく者が、羽目を外して乱痴気騒ぎを繰り広げていた。

四年ほど後に第一稿を書く「ポール の恋人」（決定稿は一八八一）は、まさにこの水上カフェのあるラ゠グルヌイエールが舞台。また、自由奔放な若い日の暮らしぶりは、後年、「野あそび」「森の中」などの短編にも描かれている。漕艇への情熱と自信はかなりのものである。一八七八年七月には、パリ郊外のセーヌ河畔メダンに住むゾラのために一隻のボートを世話し、ブゾンから五〇キロをモーパッサンはみずからこれを漕いで届けている。船体には〈ナナ〉の名があった。

病気の治療費のかさむことに加えて、エトルタにいる母が、やはり心臓病と卒中で動けなくなり、ギィの心はいっそう暗く閉ざされる。いまは父親がわりともいえるギュスターヴ＝フローベールに、母の容体の重いこと、役所生活の辛くて耐えがたいこと、一行もペンが進まず思うようなものが書けないことを手紙で訴え、それにつけても、苦境を脱するために文部省へ移れるようになんとか取り計らってほしいと泣きつく。

文部省への転職

これにはわけがあって、フローベールの友人で詩人でもあるアゲノウ＝バルドゥが折よく文部大臣になったところだったので、この機に何とか文部省内のポストを手に入れようとしたわけである。転任が実現するのは一年後のことである。その間の精神状態はきわめて悪い。フローベールの方は、詩人は詩を書くべし、すべてを犠牲にして芸術に殉ずるべしと諭す。ところが、親の心子知らずとでもいおうか、ギィの方は直面している現実的痛苦を切り抜けるのが先決とばかり、転任問題が進まないのは実はフローベールが無能だからですとまで母親に書き送っている。

一八七八年一一月二四日、ゾラの家での『ナナ』の朗読会に招かれたり、出版社主シャルパンティエの夕食会で、共和派の指導者で第三共和政を築いたレオン＝ガンベッタと面識を持ったりする。また、年末から年頭にかけては、デカダン的傾向の文学者集団であるイドロパッドの面々と交わり、エドゥアール＝マネの「扇を持つ夫人」に描かれるニーナ＝ド＝ヴィラールのサロンにも、しきりに出入りしている。

モーパッサンが文部省内の椅子に腰を下ろしたのは、一二月一八日とされるが、海軍省からの退職には事務上も人間関係上もごたごたがあったため、正式の退職届けの受理は一八七九年一月四日、文部省第一事務室および国民教育秘書課に配属されたのは同二月一日付のことである。いくらか居心地がよくなったとはいえ、九時から六時の勤務のたいへんさと同僚たちへの不満は相変わらずで、これは翌年の初夏に退職するまで続く。しかし、一八八〇年代の前後に発表される役人もの、「馬に乗って」「雨がさ」「首飾り」「遺産」「家庭」などの短編には、この時の生活体験や見聞きした知識が十二分に生かされることになる。

小説の世界に小役人たちを登場させた作家に、すでにオノレ＝ド＝バルザックがいるが、下級官吏の日常の生態を、風采、言行、心理のあらゆる側面からかくもまんべんなく描き出したのは、今日にいたるまでモーパッサンをおいていないのではあるまいか。

韻文劇『昔語り』の成功

一八七七年は、短編「聖水授与者」（一八七七）の発表のほかは筆が進んでいない。しかし、ゾラの『居酒屋』がこの年刊行され、世は自然主義文学隆盛の時代を迎えようとしていた。

一八七八年四月、病気の母を見舞って数日エトルタに滞在しているが、三月から六月まで、長詩「いなかのヴィーナス」の執筆に専念。二二〇行にわたる詩で、あらゆる者に情欲を目覚めさせる野生の女をうたったもの。「モザイク」紙に、五月に「ラレ中尉の結婚」(一八七八)、九月に「ココ、ココ、冷たいココはいかが!」(一八七八)の二短編を発表。

秋には、パリの北西郊外、セーヌ川沿いの村ブゾンの祭りに、セアール、エニック、シャルパンティエ、ユイスマンスを呼んで一日を過ごす。フローベールとは九月に一度会食、一〇月に母の見舞いで戻っていたエトルタに、一〇日から一三日まで師を招き、推敲中の戯曲『昔語り』や執筆中のものに目を通してもらっている。

一八七九年は、モーパッサンの名を高からしめるよい出来事があった。二月一九日、一幕ものの韻文劇『昔語り』の第三フランス座(後のコメディ-フランセーズ)での上演である(同劇場の支配人バランドに、前年一八七八年の内に受理はされていた)。フローベールの添削を受けながらの五年がかりの苦労が報われ、モーパッサンが大いに喜んだのはいうまでもない。古くさいリリックな恋物語は、自然主義の若い作家連中には不評だったが、一般には新聞の演劇欄にも取り上げられて好評を得たといってよい。生涯で都合七作の戯曲を書くが、劇場での成功は多くはない。戯曲はトレス社よりただちに出版される。また、八月一五日に慈善公演として、エトルタのカジノでも上演されている。

モーパッサンは、フローベールのために文学者手当を文部省から受けられるように骨を折る。一方、フローベールは、モーパッサンを上流社交界のサロンに出入りできるようにはからってやり、出版社への売り込みにも腐心している。こうしたフローベールの熱意は、モーパッサンとは実の父子との誤解を受けたほどであった。

九月に、ブルターニュ地方と英仏海峡に浮かぶジャージー島へ約二週間の旅。一〇月にエトルタへ赴き、フローベールとの調査旅行。一二月、「改革」誌に短編「シモンの父」が載る。

「人の愚かの種はつきまじ」

一八八〇年正月、フローベールは新年の挨拶の中でモーパッサンに、何かすてきな知らせはないかねと書くが、ギィは実際この年、人生最上の幸福の一つ、「脂肪の塊」の成功に酔うこととなる。だが、その喜びの直後、フローベールの死というこの上ない悲しみにも見舞われるのだ。まさに禍福はあざなえる縄のごとしで、ギィの魂は二〇代最後の半年を激しい浮き沈みの内に過ごすことになる。

一月一一日、モーパッサンはエタンプ市の検事局から召喚され、治安判事から取り調べを受ける。予審は実際は前年の一二月に始まっていて、起訴の理由は、一一月一日にエタンプの地方雑誌「現代自然主義評論」に掲載された詩「娘」が、公衆及び宗教道徳と良俗の壊乱のおそれがあると考えられたからである。二月一日、「現代自然主義評論」誌はモーパッサンのあらたな詩「壁」を掲載、同二月中旬、またもエタンプの判事の前に立つはめになる。ギィは必死の抗弁を試みる。

モーパッサンが恐れたのは、懸案になっている、これらの詩を含む『詩集』刊行ができなくなることと、ようやく就いたばかりの文部省のポストを、スキャンダルでふいにすることであった。司法当局の尋問のあらましを早速フローベールに報告し、援助を求める。フローベールは今や父親代わりであるのみならず、二十数年前には、フローベールもまた長編小説『ボヴァリー夫人』の起訴事件の当人でもあったからである。当時のラマルティーヌの弁護書簡のようなものを、頼み込む。

フローベールの依頼により、「国民」紙主筆ラウル＝デュヴァルらが司法筋へ働きかけ、二月末に公訴は棄却される。フローベールが棄却前の二月二一日に「ゴーロワ」紙に書いた、起訴への抗議と芸術擁護の〈公開書簡〉は、その結尾の「だがしかし大地に限りはあろうとも、人の愚かの種はつきまじ」の一文によっても、耳目に長く残るところとなった。二月二七日、上院議員で左派の党首コルディエから免訴が受け入れられたことを知らされる。モーパッサンは有頂天になって、訴訟事件は今度出る『詩集』に無料ですごい宣伝をしてくれただけのことさとうそぶく。

この事件をはさむ二月から三月にかけての疾患には重大なものがある。まず右眼が調節麻痺からほとんど見えなくなる。視神経障害または脳細胞核損傷によるものとみられるが、同時に心臓の異変や髪の抜け落ちることにも気づき、いく人もの医師の診察を受けている。

小説家として

出世作「脂肪の塊」

一八八〇年四月一五日、シャルパンティエ社より『メダンの夕べ』が刊行される。ゾラの下に集まる若きナチュラリストたちの中編小説集で、反戦のテーマに統一されている。ゾラの作品を含め六編が収められており、自然主義文学の宣言書といえる。中でも、モーパッサンの「脂肪の塊」は、鋭い人間観察によって注目を浴び傑作中の傑作と大評価を受け、これをもってモーパッサンは押しも押されぬナチュラリストとしての地位を獲得する。ここにいたるには、フローベールからの八年におよぶ薫陶に加えて、「芸術とは気質を通して凝視された現実である」という厳格な自然主義者ゾラの文学観の影響力もあったろう。

ゾラとモーパッサンの出会いはすでに述べたように、一八七四年フローベール宅においてであり、その後徐々に親交を深める。一八七七年四月一六日、若手自然主義作家たちが当代の三大作家としてフローベール、ゾラ、エドモン＝ド＝ゴンクールの三人をパリの「トラップ」というレストランに招待した折も、むろんモーパッサンは若手メンバーの一人として名をつらねている。この晩餐会が心のこもった陽気なものであり、新しいグループが結成されつつあることを、ゴンクールは「ジュ

エミール=ゾラ

ルナール」紙に書いている。会食は、この後もしばらく定期的に続けられる。

ゾラの『居酒屋』は、前年からの連載がこの一八七七年に本として出版されたところで、ひときわ評判の高まった時でもある。ゾラの周りには、右の若手作家、ジョリス-カルル=ユイスマンス、アンリ=セアール、レオン=エニック、ポール=アレクシ、オクターヴ=ミルボー、そしてモーパッサンらが馳せ集まって、あわよくば尻馬に乗って世に出ようとする機運があって、巷には彼らを「ゾラのしっぽ」と陰口をたたくものもいた。

メダンは、パリの北西約三〇キロ、蛇行するセーヌの河畔の小さな町で、河に沿って点々と立つ別荘の中でもひときわ宏壮な館をゾラが購入したのは一八七八年のことである。小説集『メダンの夕べ』が構想されたのは一八七九年の夏ごろと思われるが、事情はこんなことであったようだ。まずゾラの「水車小屋の攻撃」という戦争ものが新聞発表され、ついでユイスマンスが「背嚢」を、セアールが「瀉血《しゃけつ》」を書き、たまたま普仏戦争に取材した小説が続いたので、ゾラの提唱でエニック、アレクシ、モーパッサンにも、軍国的ではない見方の戦争小説を書くように勧める。それはゾラの名を冠した一冊を出すことで皆の収入にもなろうとのもくろみがあってのことである。

フローベールはすでに校正の段階で「脂肪の塊」を読み、観察のすばらしさ、ドラマティック性、そして筆法、すべての面で文句なく、紛れもない大家の作と太鼓判を押している。一八八〇年二月一日の、その手紙から、弟子を親しく君（テュ）で呼び始めている。

追い風に乗るように、四月二五日、同じくシャルパンティエ社より、『詩集』が出る。収録詩二五編のほとんどに目を通して斧鉞《ふえつ》を入れ、出版社にも繰り返し刊行をうながしてきたフローベールの喜びはひとしおであった。しかも、「心底より愛してやまない、高名にして父なる友、誰にも増して敬愛する完璧な師、ギュスターヴ＝フローベールに」という献辞と、モーパッサンが告訴された時の抗議と擁護の〈公開書簡〉が序として掲げられていたことに、涙ぐむほどの感激を示す。フローベールの生涯にとってこれは最後の喜びとなってしまうのだが。

師フローベールの急逝

一八八〇年五月八日、フローベールの突然の死は、モーパッサンを悲嘆のどん底に突き落とした。八日土曜日の午後、電報を受けたギィはその日のうちにクロワッセに駆けつけるが、対面したのはすでに息絶え死の床に横たわる師であった。

フローベールはここしばらく変わったところもなく元気に過ごしており、前日は食事も睡眠も十分であったし友人の医師と夕べのひと時を過ごしている。そして、最愛の姪カロリーヌを訪れるためパリ行きの支度も整っていた。八日の朝、身仕舞いをしてしばらくして急に気分が悪くなり、女中を呼んで横になったが、「ルーアンの医者を……」のつぶやきを残してこと切れたのである。

死因は脳卒中と思われるが、顔が充血してむくみ、首もはれて黒ずんでいたとの証言がある。それらは癲癇《てんかん》性の症状と思われるのだが、死があまりに唐突だったため自殺説もないわけではない。たしかにフローベールは、その生涯のほとんどをルーアン郊外のクロワッセに隠遁していたし、世間のブルジョア的な俗物性と科学万能主義への異常なまでの嫌悪を作品中にも示していて、心の底には常に深い厭世観があったのは確かである。だが、マクシム゠デュ゠カンは、「月曜日には会いに行く」という短信をフローベールから受け取っているというから、それが事実なら、自殺といった憶測は打ち消されなければならない。多くの研究者たちが、死因をほぼ脳溢血としている。

ルアーン市のセーヌ川をはさんだ北西側、市からは一〇キロもないが、そこにカントゥルゥとクロワッセの町が隣り合っている。クロワッセには、『ボヴァリー夫人』や『サランボー』を執筆した家として「フローベール館」が今も残されている。葬式はカントゥルゥ地区の教会で行われ、クロワッセの町とセーヌ川を見おろすルーアン市の墓地に埋葬された。かつての親友アルフレッド゠ル゠ポワトヴァンとルイ゠ブイエとともにここに永眠したのである。

一〇日付の「ゴーロワ」紙は、モーパッサンをフローベールの遺言執行人ないしは少なくとも文学上の相続人と書いている。しかし、葬儀、埋葬（一一日）にいたる三日間、モーパッサンは遺体につき添いあまりの悲しみにものも言わなかった。師への畏敬と情愛には、並々ならぬものがあり、フローベールへの崇拝には生涯変わるところがなかった。思えば三月二八日、復活祭を祝おうとモーパッサンが手伝って、ゾラ、ゴンクール、ドーデ、シャルパンティエらをクロワッセに招いて会食の楽しい時を持ったのが、死者にも残された者にも最後の思い出になってしまったのである。師の急逝は、ギィが「脂肪の塊」によって世に名乗りを上げて、わずか二ヵ月後のことであった。

長期休暇と執筆活動

六月、加療のため三ヵ月の長期休暇を願い出る（診断書の記載では、心臓の痙攣《けいれん》、消化不良、右眼視力調整麻痺と列挙されている）。つまりは文部省退職の決意であったが、この時点ではなお生活の安定を考え、身分を残すことにしたらしい。はじめは有給、次の三ヵ月は半額、ついで六ヵ月は無給の待遇で、一八八二年まで休暇を引き延ばすが、事実上は退職といえた。

何といっても「脂肪の塊」の成功は大きく、これを機に執筆活動は猛然と活発になる。「ゴーロワ」紙にはじめて本名で「パリ人の日曜日」と題する小役人ものの連作を掲載。以後、短編や時評欄を定期的に一八八八年まで担当。その他にもこの年は、種々の新聞に旺盛な筆力を見せる。

八月、エトルタ、およびパリ北西郊外サルトゥルヴィルに赴いた後、九月から一〇月にかけて、母ロールをともなって、地中海のコルシカ島に二ヵ月の旅。旅行記事のみならず、いくつかの小説の取材源となる。

秋も、激しい偏頭痛に悩まされる。母ロールは、エトルタにある菜園をギィにゆずる。三年後、そこに別荘を建てることになる。二四歳になっていた弟エルヴェを、一八八〇年創設のパナマ社に入社させようと試みている。年末にデュロン街八三番地に転居（一八八四年七月までここに住む）。ゾラの『実験小説論』やブルドー訳によるショーペンハウアーを読む。ジゼル゠デストックとの文通に始まる交際は、このころからのことである。

本格作家の誕生

一八八一年一月、エトルタに帰省。別荘で寒さに震え、気が滅入ってたちまちパリに戻る。また頭痛、眼疾に苦しめられるが、二月は「新評論」に、三月は「政治文学評論」にそれぞれ小説を発表。モーパッサンの作品を熱心にロシアで紹介に努めていたツルゲーネフは、「新評論」に掲載の中編小説「家庭」に賛辞を送る。この時期、ゴンクールの招待による朗読会、フローベール記念碑委員会、ゾラの『ナナ』刊行祝いなど、文人の集まりによく出席している。

「脂肪の塊」の成功に気をよくして、モーパッサンが中編小説の第二作「メゾン゠テリエ」を脱稿したのも、この一八八一年春のことである。母への手紙で、前作に勝るとも劣らないと自負するモーパッサンは、七編の短編とあわせてヴィクトル゠アヴァール社に持ち込み、出版を依頼する。物議をかもしそうな内容ながら、その力量に出版社は二つ返事で引き受ける。一八八一年五月、三一歳にしてモーパッサン最初の小説集『メゾン゠テリエ』が刊行の運びとなる。

「メゾン-テリエ」は、売春宿の娼婦たちが女将の姪の初聖体拝領のため小旅行に出かけるというシチュエーション。予想通り、品のなさや不敬な内容から新聞の批評などで非難を浴びるが、ゾラが七月の「フィガロ」紙で反駁、擁護してくれる。ゾラは、この「メゾン-テリエ」及び集中の「いなか娘のはなし」をもってモーパッサンの異才を称美している。またこの作品集を捧げられたツルゲーネフは、すぐに翻訳して、ロシアにもモーパッサンの名を広く知らしめた。

かくして旺盛な作家活動に入ったモーパッサンは、月に一、二本のペースで中・短編小説を書きまくるが、一方で、内容や作風への批判も聞かれるようになる。取り上げる対象が狭く限られていることと、取り上げ方の温かみの欠如である。上流社会や高い地位の人々は退け、下層階級のみに目を向ける題材の取り方は、この時代の自然主義作品に際立った特徴だが、その悪しき流行を煽る結果ともなっている。下品で邪悪な人物だけでなく、教養があり高貴な精神をもつ人々にも対象を広げるべきだと考えるのは、批評家のみならず一般読者も同じであったろう。

また作中人物たちへの作家の非情な眼差し、真実を描こうとするあまりの冷徹さにも人は不快を隠せない。愚かで卑しい者たちへの冷笑的態度は、作家の少年期からの性向であり、人間の不幸に憐憫を抱けないのは、ペシミスティックな人生観に由来している。無宗教で人間愛に目覚めることのなかったモーパッサンは、生涯、包容力や寛大さとは無縁であったのかもしれない。

デュ＝カンへの抗議の論評

一八八一年、一年の休暇を願い出て、実質上は文部省を退く（正式な除籍は、一八八二年一月一一日付）。七月より二ヵ月、「ゴーロワ」紙の特派員の形で、はじめての北アフリカ旅行に出かける。仏領アルジェリアを足場に、炎暑と荒涼たる風土に接し、スリルと反文明性に惹かれて、これを機にいく度か訪れることとなる。時評原稿は、風物や住民の奇習を記録するのみならず、フランス政府の植民地政策への批判的意見も述べている。

一〇月、フローベールの旧友マクシム＝デュ＝カンが「両世界評論」に載せた追想で、フローベールについて、偏向し誤った言辞のあったことにモーパッサンは激怒し、「ゴーロワ」紙に抗議の評論を書く。デュ＝カンは、二〇歳ころからのフローベールの親友であった。ルーアンの詩人ルイ＝ブイエとアルフレッド＝ル＝ポワトヴァンとともに若きフローベールの精神形成に寄与し、『ボヴァリー夫人』を世に出したのもデュ＝カンである。二〇代には、ノルマンディー徒歩旅行や東方旅行も同道している。

しかし、純粋に文学一筋に打ち込み、しだいに籠りがちになっていったフローベールに対し、デュ＝カンは、詩、小説、紀行、評論と書きとばす一方で、世俗的な名誉欲に取りつかれ、社交界へ政府筋へと東奔西走する行動人となっていく。結局は通俗的な常識人であるデュ＝カンには、フローベールの緻密な資料蒐集や執拗な文章の推敲も単なる神経症のせいと片づけられる。また、実務面の劣っていたフローベールの面倒を見てきた習慣から、後々になっても保護者づらをやめず、それはフローベールにも周囲の者たちにも、不快なことであった。加えて、追想記事でフローベールの死因を「癲癇」としたことは、モーパッサンの怒りに火をつけたのである。

一八八一年は、短編の他に、「ブーヴァールとペキュシェ、フローベール論」など、評論、時評を合わせて二〇編ほどを発表。一〇月二九日から始まる「ジル-ブラス」紙の寄稿は、モフリニューズの筆名で一八九一年まで続く。

長編の第一作『女の一生』

一八八二年から一八八四年、三〇代前半のモーパッサンは、生涯でもっとも脂が乗りきった時期である。年間六〇編から七〇編の中・短編を書き、紀行や評論をほぼ毎月、精力的に執筆している。モーパッサンの名前を不朽のものとした『女の一生』が、好評の内に迎えられたのは、この時期のことである。『女の一生』は、五年にわたる準備と推敲の末、一八八三年「ジル-ブラス」紙に連載。アヴァール社より出版され、一年と経たぬうちに三万部を売り尽くす。評判は外国にも伝わり、競って翻訳がでる。トルストイらにも認められ、名声は世界的なものとなる。この長編第一作で、功名と富を同時に手にするのである。

物語は、主人公ジャンヌの一七歳から四〇代半ばまでの半生をたどり、これまでの短編のように、生への嫌悪、厭世だけでなく、登場人物たちへの慈しみ、愛《いと》おしさが背後に感じられ、読む者に深い共感を呼び起こした。

病気との闘いの中で

一八八二年一月はじめ、手にしたピストルの事故で負傷、数週間ベッドに寝たきりを余儀なくされる。原因は、女性問題のいざこざと推測されている。三月から四月は、パリの北西郊外サルトゥルヴィルで過ごす。セーヌ川が北へ向けて蛇行するあたりで、ボート遊びと執筆のため。ところが、酷《ひど》い偏頭痛に襲われ、この時から鎮痛にエーテルを使い始めている。

五月五日、二冊目の小説集『令嬢フィフィ』が、ブリュッセルのキストゥマケルス社より刊行される。「令嬢フィフィ」は「脂肪の塊」と同種のテーマの中編で、プロイセン軍士官に遺恨を晴らすフランス人娼婦の話。フランスでは未発表だったこの作品に七つの短編を合わせて一冊としたもの。初版はたちまち売り切れている。七月から八月にかけて、ブルターニュ地方を徒歩で旅行。

一二月、友人ポール＝アレクシは、モーパッサンがいつも大風呂敷を広げ、金のことしか口にしないともらしている。この年、「ジル－ブラス」紙に「ある女の告白」「狂人か？」ほかを、「ゴーロワ」紙に「イスなおしの女」「クリスマス物語」など、合わせて六〇編ほどの作品を発表している。

年が明けると一八八三年一月、脊柱にきりきりとした痛み。ランドル医師が眼疾を診察。瞳孔の不調整と調節麻痺で、数ヵ月後の不随を予告される。「ジル－ブラス」紙にゾラの後を受けて、『女の一生』の連載開始。四月に完結すると、アヴァール社より出版。六月にはルヴェイル－エ－ブロン社から短編集『山しぎ物語』も刊行している。

七、八月は、オーヴェルニュ地方の温泉地シャテルギヨンに滞在する。悪化する一方の、眼疾、心臓病、神経痛の湯治のためだが、母ロールを同行している。ところで、このオーヴェルニュ山中にある湯治場にモーパッサンはいく度となく足を運んでいるが、そこで働いていた水汲み女ジョゼフィーヌ=リッツェルマン（一八六一〜一九五二）との間はなかなか昵懇《じっこん》の間柄であったらしい。というのも、この一八八三年の二月二七日にジョゼフィーヌがパリで生んだ第一子リュシアンは、モーパッサンの息子だとの説が有力であるからだ。のみならず、一八八四年には長女リュシエンヌが、一八八七年には第三子マルグリットも生まれている。

九月はエトルタにしばらく過ごすが、ツルゲーネフの死の報に、追悼記事をいくつか書く。一一月二五日、モニエ社から短編集『月光』を出版。

一八八三年は、病気の悪化などにもかかわらず、創作力は前年をしのぐものがある。「ジル-ブラス」紙に「ふたりの友」「いまわしきパン」「勲章をもらったぞ!」ほか、「ゴーロワ」紙には「馬に乗って」「ミロンじいさん」「ミス=ハリエット」ほか、また、時評や序文なども加えると、七〇にのぼる作品を発表している。

富と名声と女性と

『女の一生』の記録的な売れ行きは、いわば一夜にしてモーパッサンを富める者にし、日々の生活も贅沢に改善される。エトルタに建築していた別荘も七月に完成し、庭園や遊戯場のついた二階家で、田舎暮らしや狩りの楽しみが満喫できるようになる。親しい女友だちエルミーヌ＝ルコント＝デュ＝ノユイが、ギィの名をもじってギィエット荘と名づける（現在のギィ＝ド＝モーパッサン通五七番地）。毎年、夏から秋にかけてはこの故郷の地で、執筆と社交、また自然に囲まれた田園の日々を過ごす。ついでパリの住まいも、一八八四年には、デュロン街の家からモンソー公園に近いモンシャナン街のさらに快適な場所に引っ越す。

また一八八三年一一月一日、人の紹介でベルギー人の従僕フランソワ＝タサール（一八六六〜一九四九）を雇い入れる。食事や身の回りの世話から、時折悪化する病気の看護まで、モーパッサンが息を引き取るまで、一〇年にわたってフランソワは忠実な執事として勤めることとなる（フランソワは後年、主人モーパッサンの回想を出版している）。

旅はモーパッサンの趣味でもあったが、このころは憑かれたように一所不在の生活を送っている。一八八二年夏はブルターニュの海辺に、一八八三年の夏はオーヴェルニュの温泉に、一八八四年冬は南フランスのカンヌに過ごす。避寒地カンヌでは、同地に滞在中の母ロール、弟エルヴェと団欒の時を持つ。ヨットでのクルージングは何よりもギィを喜ばせた。

名声を得てからは、女性出入りも一段と華やかになる。ロシアの閨秀画家マリー＝バシュキルツェフ、アメリカの女流作家ブランシュ＝ルーズヴェルト、社交界の貴婦人たちでは、美しいユダヤ女性マリ＝カーン、賭博好きで皮肉屋のルグラン夫人、それに伯爵夫人エマニュエラ＝ポトカ。そして、生涯の親友となる、エトルタに別荘を持つエルミーヌ＝ルコント＝デュ＝ノユイ夫人がいた。世間ではドンファンと噂され、モーパッサン自身も多数の女性との精力的な交情を誇っていた。しかし、女性を真に恋することはなかったようだ。女を愛するには、精神面と肉体面のバランスを見いだせなければならないが、その調和がついに見つけだせなかったことは、本人も作品を通して告白している。

文学的成功、世俗的快楽の陰に、宿痾《しゅくあ》の苦しみは続いていた。偏頭痛の鎮静にエーテルを常習し、眼疾、神経障害、不眠症に加えて、幻覚症状も始まっている。一八八三年七月の幻想滑稽譚「あいつか？」には、実体験としか思えない異常な症状が記録されている。

一八八四年一月、アヴァール社より北アフリカ紀行を中心とする『太陽の下へ』を刊行。一月末より、カンヌにアパルトマンを借りて、二ヵ月を過ごす。この滞在中に、誤って部屋で火事を起こし、重版のために加筆を施した「詩集」一巻を失っている。三月三日、フランソワ＝コペ（詩人・劇作家、一八四二〜一九〇八）とジュール＝クラルティ（一八八五年より一九一三年、コメディ-フランセーズ総支配人）の推挙により、文学者協会の会員となる。

四月、モンシャナン街一〇番地（現在のジャック-バンジャン街）に引っ越す。従兄ルイ＝ル＝ポワトヴァン（一八四七〜一九〇九）との同

マリー＝バシュキルツェフ

居で、一階をモーパッサンが使う。短編集『ミス＝ハリエット』をアヴァール社より刊行。表題作を含め、一二編を収録。初夏、四本オールのボートで友人とセーヌ川を下る。メゾン゠ラフィットからルーアンまで四日間の旅である。一二月、病気の母ロールにつき添って、カンヌに滞在。一八八四年は日刊紙への短編、時評は六〇を越え、七月、オランドルフ社から『ロンドリ姉妹』、一〇月末、アヴァール社より『イヴェット』が刊行されている。

第二の長編『ベラミ』

一八八五年三月、マルポン゠エ゠フラマリオン社より短編集『昼夜物語』を出版。『女の一生』の爆発的人気と大家なみの名声に気をよくしていたアヴァール社は、モーパッサンに次作をうながす。長編第二作『ベラミ』を、進行する眼疾に悩まされながらも執筆。連載の後、五月一一日にアヴァール社より刊行。『ベラミ』は、自然主義的な手法を徹底させた、色事師が新聞界にのさばっていく悪玉小説で、当初はジャーナリズム界を愚弄する露悪趣味の作品と見なされた。思うように売れ行きが伸びず、また、五月二二日のヴィクトル＝ユゴーの死がいささか販売を停滞させたものの、七月はじめには二十数版を重ね一三、〇〇〇部を売り、三ヵ月後には三七版を数えている。

『ベラミ』脱稿の後、四月から七月にかけ、作家のアンリ＝アミク、画家のジェルヴェ、同じく画家ルグランの友人三人とイタリアの旅に出かける。フィレンツェ、ローマ、ナポリ、そしてヴェスヴィオスやエトナ火山の見物の後、シチリア島まで足をのばす。装飾家ヴェロネーゼとフレスコ画の達人ティエポロの仕事に感嘆したヴェネツィアに比して、ローマには大した評価を下していない。シチリア島では、パレルモのカプチーニ通の地下墓所、ワグナーが『パルジファル』を仕上げた旧居、そしてカターニア、シラクサも訪れている。

七月一七日から一ヵ月、オーヴェルニュの温泉シャテルギヨンに滞在。その後、秋口まではエトルタで狩りの夏を過ごす。一〇月、再度シャテルギヨンに保養に赴くが、この折は、父ギュスターヴも来て風景画などを描く。一一月、ゴンクール兄弟の「屋根裏サロン」に、アレクシ、セアールらと足しげく通う。冬の三ヵ月を、南仏アンティーブ岬に買った別荘ミュテルスで過ごす。船を大型ヨットに買いかえ、ベラミ号と名づける。また、九月に婚約した弟エルヴェが園芸施設を作るのを手伝う。エルヴェはギィの経済的援助でアンティーブの地に、園芸の仕事を始めることとなる。

モーパッサンはこの年すでに、長編三作目『モントリオル』の腹案を温めていて、シャテルギヨンへ繰り返し行ったのも、舞台となる湯治場取材の目的があったからである。

一二月はじめ、ゴンクールに伴われてマリ＝カーンの夕食会に出る。ポトカ伯爵夫人宅へもこのころから頻繁に出入りするようになり、当時まだ若い高校生であったマルセル＝プルーストが、後にこれを証言している。こうした社交界やそこに華やかな姿を見せる夫人たちとの交遊は、五年後に実を結ぶ長編小説『われらの心』で十分に生かされるところとなる。一二月、オランドルフ社から短編集『パラン氏』、シャルパンティエ社から選集『コントとヌヴェル』を刊行。

第三の長編『モントリオル』

一八八六年、前年の暮れに引き続き冬の間は、南フランスのアンティーブで過ごす。同地にあって、眼疾のため五日間、暗くした部屋に籠るよう医師からいい渡される。一月、ノルマンディーの田舎を舞台にした愉快な短編「トワーヌ」を表題作に、短編集をマルポン＝エ＝フラマリオン社より刊行。一月一九日、アンティーブで、弟エルヴェがマリ＝テレーズ＝ファントン＝ダンドンと結婚、翌一八八七年六月二六日、娘シモーヌをもうける。

三月、アンティーブとカンヌで長編小説『モントリオル』を書きつぐ。執筆に疲れると、ベラミ号で地中海へ出る。水夫も雇い入れ、海上の楽しみを満喫する日々だが、パリへ戻ると、眼と神経の疾患に悩まされる。四月中旬、イタリアの旅に出かける。ヴェネツィア、ローマ、ナポリとめぐり、俗悪さを嫌悪しつつも、絵画、彫刻、遺跡などを見て回る。この時期の盛んな美術への関心は、五月、パリで美術批評を立て続けに書くという形で現れてくる。

ジャン＝ロランが、五月に出版した小説の中でモーパッサンを揶揄したのが原因で、二人はあわや決闘という騒ぎになる。五月一〇日、短編集『ロックの娘』をアヴァール社より刊行。その一冊がポトカ伯爵夫人に贈られている。パリのクールセル街一〇番地に当時もっとも華やかなサロンを持ち、若い芸術家たちの庇護者であったマチルド妃（ナポレオン一世の姪）の夕食会に出入り。

八月には、『モントリオル』の創作の舞台をさらに確かめるため、四たびシャテルギヨンを訪れる。あたかも神経の衰弱から逃れるように、旅から旅に身を置いている。この夏、最初で最後のイギリス旅行に出かける。イギリス貴族フェルディナンド＝ド＝ロスチャイルド男爵の招きに応じてハンプシャーにまず赴き、帰路はブールジェの助言に従いオックスフォードを訪ねる。ロンドンではマダム‐タッソー館、サヴォイ劇場に足を運んだのみで、二週間で帰国する。荒れ模様の天候と、悪条件の馬車の旅、それにイギリス人の気の効かない応対にひどく腹を立てたらしく、ひと言もイギリス旅行のことは書き残していない。パリ北西の郊外サン‐グラティアンのマチルド妃宅訪問の後、八月半ばより九月はエトルタで狩りをしたり、友人たちを招いたりして過ごしている。

狂気の予感

一八八六年一〇月、「ジル‐ブラス」紙に載った小説「オルラ」は、鬼気迫る狂人日記で、作家の狂死という悲惨な最期を予感させるものがある。また、「レ‐レトル‐エ‐レ‐ザール」誌に掲載の「山の宿」も、恐怖による発狂を扱っている。

絵入り叢書の一巻として『短編選集』を出したり、前年に発表の短編を集めてオランドルフ社より『パラン氏』を刊行したり、先の『ロックの娘』などもそうだが、近作の中・短編を十数編ずつ集めては出版するのは、モーパッサンの経済的戦略でもあった。

画家ジェルヴェが、三六歳のモーパッサンの肖像を描いている。一二月から翌年にかけて『モントリオル』を「ジル-ブラス」紙に連載、アヴァール社より出版。長編小説の第一作『女の一生』、第二作『ベラミ』に比べると売れ行きははかばかしくはなかったが、これまでの作風から大いに転ずるところが感じられ、皮肉や残虐性が影をひそめて、メランコリーや詩的感傷が色濃くなり始めている。

無用で醜悪なエッフェル塔　一八八七年、二年後の一八八九年に開催される万国博覧会（パリでは4回目）のシンボル-タワーとして建造されることとなったエッフェル塔は、とりわけ芸術家たちの間ではすこぶる評判が悪かった。二月一四日「ル-タン」紙に抗議文が掲載される。

「われわれ、作家、画家、彫刻家、建築家、今日まで無傷のパリの美しさを熱烈に愛する者たちは、渾身の力で、あらゆる憤りをこめて、見くびられたフランスの美意識の名において、瀕死のフランスの芸術と歴史の名において、われわれの首都のど真ん中に、無用で醜悪なエッフェル塔を建築することに抗議する。多くの良識と正義に刻まれた民衆の敵意が、すでにそれをバベルの塔と命名したエッフェル塔の建設に対して」と始まる請願書の署名者の中に、グノーやサルドゥーやルコント=ド=リールらと並んでモーパッサンの名も見える。モーパッサンが特に歴史や伝統の擁護者とも思えないが、少なくとも俗悪なもの、醜いものへの嫌悪は強く、博覧会という馬鹿騒ぎへの反発もあった。もっとも、いざ塔が完成すると、女連れでいく度も足を運んでいるのだが。

建設中のエッフェル塔

春は南フランスに過ごし、五月にはパリ郊外シャトゥで数週間を過ごす。五月九日、アレクシは、体調もよくたいへん愛想のよいモーパッサンと会っている。セーヌ河畔の住まいへも、女性や友人たちの訪問は頻繁で、またセーヌ川でのボート遊びに、若き日を再び謳歌するかに見えた。しかし、そんなボート漕ぎの激しい運動の後には、腹部の激痛の発作にみまわれ、病いが確実に進行していることも確かだった。五月下旬、オランドルフ社より作品集『オルラ』を刊行。

六月後半よりエトルタのギィエット荘に滞在。シャワールームと玉突き室を増築。体調は安定し、ある実話にヒントを得て、長編第四作目『ピエールとジャン』に取りかかる。舞台となる港町ル・アーヴルにエルミーヌ＝ルコント＝デュ＝ノユイ夫人と足をのばし、ペンは快調に進む。六月二二日には、夫人にはじめの部分を読み聞かせている。また、夏には、内閣との仲介役として、ゾラにレジオン-ドヌールが授与されるか否かを打診している。実際には、一年後、七月一四日の叙勲でゾラはシュヴァリエ賞を授かる。ところで、モーパッサン自身は前年、十字形勲章を断っているが、改めてまた拒絶の意志表示をしている。

軽気球の旅

七月八日、パリからボーヴェまで軽気球ル=オルラ号で空の冒険を体験する。はじめの飛行は、パリ周辺の上空を旋回。翌日は、パリの北郊ラ=ヴィレットのガス製造工場を離陸して、ベルギーのエスコー川河口まで、数時間の飛行を成功させる。この空の旅は新聞紙上をにぎわし、「フィガロ」紙にはみずから「オルラの旅」を書く。空からの描写は幻想的で美しい。

この一八八七年には、ゾラが「ルーゴン=マッカール叢書」の第一五巻として『大地』を発表。ポール=ボンヌタンらが「五人宣言」で、スカトロジーまがいの汚らわしさを非難。モーパッサンは称賛の手紙を出すが、ゾラの冷徹に押し進めてきたナチュラリズムへの世間の罵倒中傷は頂点に達し、自然主義衰退の兆しがここに見え始める。

八月、南フランスにいる弟エルヴェが精神不安定の兆候を示したため、モンペリエの救済院ほかの精神病院で診てもらう。一〇月には『ピエールとジャン』がほぼ仕上がり、二度目の北アフリカの旅に出る。アルジュリアの首都アルジェを振り出しに、ハマン=リガの温泉、チュニジアの首都チュニスとその近郊のカルタゴ遺跡、ケルーアン地方などを回る（アルジェリアは一八四七年から、チュニジアは一八八一年から、フランスの傘下にあった）。

「小説論」の掲載をめぐる事件

一八八八年一月七日の「フィガロ」付録号に発表の「小説論」が、モーパッサンの承諾なしに削られたり手を加えられたりしたことから、新聞社主筆に訴えをおこし、謝罪文を出させるという事件が起きる。八日には、当の「フィガロ」ではなく「ゴーロワ」紙の社主アルチュール＝メイヤーに、訂正を出してくれるよう依頼。九日には「フィガロ」への訴訟手続に着手。理屈の上では、作家の思想と利益を侵したかどで正当な申し立てをしているわけだが、この時のモーパッサンにはいささか行き過ぎの態度が見られ、すでに精神不安定の様子が見える。事件は長びくが、結局「フィガロ」が訂正文を掲載することで決着を見る。

この「小説論」は、モーパッサンの筆法を知る上でも、また師フローベールから何を学んだかを知る上でも重要な論文で、一月九日、これを序に掲げて『ピエールとジャン』の単行本がオランドルフ社から刊行される。作品は、出生の謎をめぐる兄弟の苦悩と嫉妬が心理小説の手法で書かれている。

洋上紀行『水の上』

同じ一八八八年の一月中旬、『水の上』を脱稿。六月末にマルポン＝エ＝フラマリオン社より刊行される。日記の形式をとった洋上エッセイで、文章は美しくかつ内的思索にみちた珠玉の作品。初期の短編に見られる滑稽や諷刺は見られず、作家としての苦悩、不安、ひいては人生への絶望、悲哀が語られている。晩年のこうした深刻な傾向は、若い時からのショーペンハウアーの哲学の影響、戦争体験からきた人間憎悪、宿痾のもたらした厭世思想の行き着く結果といえる。根底を貫く詩的ペシミズムが、読む者の心に美しく哀しくしみてくる。

春に、女友だちエルミーヌの夫、アンドレ＝ルコント＝デュ＝ノユイのためにレジオン-ドヌールの叙勲を外務省に申請。自分は拒否しているが、ゾラへの叙勲もモーパッサンが仲介したものである。

短編「勲章をもらったぞ！」（一八八三）で何の功績もないのに子供のように勲章を欲しがる男を揶揄しているが、政治家などに働きかけて叙勲の栄に浴したがる者は、跡を絶たなかったようだ。短編では、業績作りに視察旅行に出かけたくだんの男が、ふいに家に帰ってみると奥さんが友人の代議士とよろしくやっている。からくも間男は逃げ出せたものの、赤い略章のついた代議士のオーバーが残されていた。奥さんの機転で、男はわけもわからぬままレジオン-ドヌール勲五等に叙せられるという話である。これで見る限り、モーパッサンは虚飾に満ちた名誉など心底軽蔑しているのだが、知人たちのためにはひと肌脱いだわけである。かつての下級官吏から、今は政界にまでパイプをもつ出世ぶりがうかがえるところでもある。

病いと死の影

病いをおして

一八八八年も、春は南フランスでベラミ号のクルージングを楽しみ、夏は主にエトルタで過ごすが偏頭痛で執筆は滞る。九月、スイスの温泉地エックス＝レ＝バンへ母ロールと保養に出かけ、ヴァリクール館に滞在。一〇月、カンタン社より短編集『ユッソン夫人ご推薦の受賞者』を刊行。

二幕喜劇『家庭の平和』がヴォードヴィル座で受理されることとなるが、第二幕の推敲のため、上演は五年後の一八九三年のこととなる。筋は、仲違いをした夫婦が、別々に暮らしそれぞれに愛人を作るが、しまいにはもとの鞘に納まるという夫婦コメディ。五年前に「ジル＝ブラス」に発表した短編「ベッドのそばで」（一八八三）の脚本化である。

一一月、三度目のアフリカ旅行。チュニス北郊のカルタゴでは、フローベールの『サランボー』の足跡をたどる。一二月一日、「ルヴュ＝イリュストレ」誌が、新長編作『死のごとく強し』の予告を掲載。頭痛や眼疾をおして、五作目の長編『死のごとく強し』の構想を練る。母ロールがよき相談相手となってくれ、筆は早く翌一八八九年一月には完成する。連載の後、オランドルフ社より出版。好調な売り行きを示す。本作とこれに続く『われらの心』は、最後の長編二作で、いずれも貴族階級に取材したもの。初期の下層階級の汚れたイメージを脱したものの、作者の病気や厭世から来る疲労が感じられる。実際、この年は創作力も衰え、短編に時評を加えても発表は八編にとどまっている。

写真家フェリックス＝ナダールが、ポートレート（口絵参照）を撮影したのはこの一八八八年のことである。恰幅のよいモーパッサンにしては、ややスマートでモダンに写っていて、よく茂った口髭を除けば、オールバック風の髪形も、縦縞の背広も、しゃれたネクタイも、ほとんど今日の青年を思わせる。ただし濃い眉と鋭い眼光に冷徹ともいえる自然主義作家モーパッサンの厳しさがうかがえようか。三八歳、パリ文壇で絶頂期の肖像である（三年後、この写真の一般への販売を作家は許可している）。

リラダンと弟エルヴェの死　一八八九年は南仏カンヌで明ける。ここ数年の収入はかなりのもので、同じ作品の転載や作品集を出すたびの再録、それにドイツやスペインや南米での翻訳の契約料も馬鹿にならない。

三月、マラルメの知らせによりヴィリエ＝ド＝リラダンの病いと貧困の窮状を知る。新聞掲載記事の原稿料などをリラダンに回し、七月にも寄付一〇〇フランの他に月々二〇フランを出して、基金を取りまとめていたマラルメから感謝される。しかし協力もむなしく、リラダンは八月一八日に死亡。精根傾けた戯曲『アクセル』は翌一八九〇年、死後出版となった。

四、五月のパリは美しい陽光に恵まれたが、モーパッサンの偏頭痛は激しい。エーテルやアスピリンで鎮痛を試みるが、もはや治癒できる状況ではない。つきまとう死の恐怖を友に洩らすこともあった。五月末から、パリ北西のセーヌ河畔トリエルにステールドルフ荘を借り、頻繁に滞在。たくさんの友人男女を招く。このころはポトカ伯爵夫人の魅力の虜となり、熱い関係が続く。

夏は例年のごとくエトルタに暮らし、長編『われらの心』を執筆。華々しい社交界を背景に、コケティシュな未亡人への中年男の情熱と失意を語るこの長編小説が世に出るのは、一年後である。

創作の一方で、肩や手の痙攣、頭痛や神経の異常が徐々に増している。八月四日、弟エルヴェは監禁をいい渡され、リヨンの隣町ブロンの精神病院に入院。母も、弟の妻も、姪も、ギィにすっかり依存し、経済的にもギィが面倒をみている。八月一八日、ギィエット荘にたくさんの友人知人を招いてのパーティー。気違いじみたお祭り騒ぎには芝居の余興まであったが、喜びの少ない晩年の、わずかな享楽の一日であった。

秋にはベラミ号で地中海を周航。チュニスでは精神病院を訪れ、ある患者が「俺たちはみんな気違いだ、俺も、おまえも、監視人も、長官も」と叫ぶのを聞く。ベラミ号で三たびイタリアへの旅。カンヌ、モリス、ジェノヴァ、フィノと寄港の後、上陸。フィレンツェ、ピサに数日ずつ滞在する。

フィレンツェでは喉の痛みと腸の出血にみまわれ、ナポリまで足をのばすのをあきらめざるをえない。病状がひどく、これ以上の周航は断念して列車でカンヌに戻る。

「エコー・ド・パリ」が主催した短編作家のための散文コンクールの審査員に選ばれる。南フランス、イタリアの旅の帰途、リヨン郊外の精神病院に弟エルヴェを見舞う。アンティーブで始めた園芸の仕事中、日射病に倒れたのが元で精神に異常をきたし、もう狂気からの回復は望めない状態であった。哀れな弟エルヴェとの面会、ついで一一月一三日の狂死の報に、モーパッサンがひどい衝撃を受け、自身の神経異常への恐怖が増幅されたであろうことは、十分に想像できる。

弟エルヴェは享年三三歳、時にギィは三九歳である。悲しみを癒すため、一一月中旬の数日を母につき添って、南仏のグラースで過ごす。一一月二〇日、パリに戻り、同居していた従兄ルイ＝ル＝ポワトヴァンと仲違いしてモンシャナン街を出る。ヴィクトル・ユゴー通一四番地にアパルトマンを借りるが、一階のパン屋が騒がしく住むにたえない。賃貸借契約の解約と訴訟の手続きをして、翌一八九〇年、有利な条件で解決を見る。

一八八九年は、「エコー・ド・パリ」紙に「オトー父子」「仮面」ほか七編を、「ゴーロワ」紙に「溺死人」を発表。しかし、自然主義衰退の兆しを見せる世紀末にあって、すでに新文学の世代が台頭を始めていた。モーリス＝バレスは『自我礼拝』に、ポール＝クローデルは『黄金の頭』に、アルフレッド＝ジャリは『ユビュ王』に、それぞれ筆をそめていたからである。

最後の長編『われらの心』　一八九〇年三月、有名作家シリーズに自分の肖像が出ることを、個人の生活や顔かたちは公けのものではないといって拒絶、画家アンリ＝トゥーサンがポートレートを描くのを断る。『放浪生活』をオランドルフ社より刊行。マリ＝カーン夫人のために、一冊だけ中国紙で刷った特装本を作らせている。四月、アヴァール社よりここ数年の中・短編集を集めて『あだ花』を刊行。

四月三〇日、ユゴー通からボカドール街二四番地に移る。ただし、正式に落ち着くのは七月三日のことで、しばらくはマクマオン通の独身用アパルトマンに住む。

五月、目に非常な疲労を感じつつも、ジャック＝ノルマンとの合作戯曲『ミュゾット』の改作を試みる（上演および出版は、翌一八九一年）。一〇年ほど前の短編「赤子」を脚色したもので、別れた愛人が残した赤子を、新妻と育てる話。

デムーランによるエッチングのモーパッサンの肖像が、新作美術展に展示されたのがこの五月。肖像版画は、シャルパンティエ社が準備していた『メダンの夕べ』の再版を飾ることとなる。極端にプライヴァシーを侵されるのを嫌っていたギィは、これを阻止しようとまた裁判を起こしかけるが、結果的には同書に版画は掲載される。

長編第六作目『われらの心』を、五月に書き上げ、「両世界評論」誌に高額の原稿料で連載。主情的な芸術家肌の中年男と、理知の勝った近代派女性との恋愛の駆け引きを、パリ社交界を舞台に描いたもの。成功疑いなしとの作者の思惑通り、非常な好評をもって迎えられた。六月、オランドルフ社より出版された折も売れ行きはよく、愛読者が定着しつつある手応えも感じられた。これもうち一冊は、マリ゠カーンのため中国紙を用いた特装本とする。

ところで、作品がこうして次々成功していく一方で、貴婦人から囲い女まで、女出入りは相変わらず。六月、スイスの温泉地エックス゠レ゠バンで湯治。この時期、下僕フランソワ゠タサールは灰色の夫人と呼ぶ謎の女性の頻繁な訪問を確認しており、彼女がモーパッサンの衰弱を早めたと判断している。それが、誰かは不明である。

湯治場めぐり

病状は一進一退で、灌水浴、温水浴、食事療法、温泉療養、と医師のアドヴァイスでいろいろ試みるが、はかばかしい効果はない。今日その症状は、感染後一〇〜二〇年で発症する梅毒の進行麻痺と思われるのだが、モーパッサン自身は母に、眼疾も内臓疾患もすべてノルマンディーの寒さによるリュウマチのせいだと説明している。当時の医師が、実際どのような診断を下していたか、またモーパッサンがどう自分の病気を理解していたのかは明らかでない。好色と旅への情熱、文学的野心と収入獲得への強い欲望は、晩年も変わるところがない。

七月一五日、ブシャール博士、グランシュ博士ら医師たちの助言に従い、湯治のためヴォージュ山脈のプロンビエールに赴く。しかし、モーパッサンにとってこの地は居心地が悪く、湿気にも悩まされる。八月末より、スイスのエックス＝レ＝バンで湯治。そこでアンリ＝カザリス博士と出会う。数年来の知己で、これを機会にいっそう親交は深まる。『あだ花』は博士に献じられている。

一〇月末に、四度目の北アフリカ旅行。アルジェ、トレムサンを訪れる。モーパッサンにとって、砂漠は今や唯一の慰めであるようだ。オランとブシュロンが、モーパッサンの中編を脚色したオペレッタ「ミス＝ハリエット」に、旅先から抗議。脚色者たちは苦肉の策として、タイトルを「ミス＝ヘリエット」と改める。

一一月にはリヨン郊外へ、前年没した弟エルヴェの墓参に赴き涙する。一一月二三日、ルーアンでの故ギュスターヴ＝フローベール記念像の除幕式に出席するが、旧友ゾラ、セアール、ミルボー、ゴンクールらが目にしたのは、病み衰えて痩せたモーパッサンの姿であった。

エックス-レ-バンの湯治客

この一八九〇年は、創作のペースも落ちて、「ハエ」「たれぞ知る？」の二短編のほか数本の記事掲載にとどまるが、『放浪生活』『あだ花』『われらの心』の三冊の単行本が収穫であった。デュマ＝フィスが太鼓判を押して勧めたにもかかわらず、アカデミー＝フランセーズ会員への推挙を拒み続ける。そして、狂気の徴候が、いよいよ翌一八九一年から現れる。

喜劇『ミュゾット』の成功と病状の悪化　一八九一年一月、あらたな脱毛症にかかる。マチルド妃宅で定期的に催されている夕食会の席上、言葉が出てこず、口がきけなくなり、記憶をすべて失っている自分を感じる。アンリ=カザリス博士に次のように書き送る、「書くことができません。自分が自分の言葉のもう主ではないからです」。

三月四日、パリのジムナーズ座で三幕喜劇『ミュゾット』の初演。主な俳優は、ラファエル=デュフロ、パスカ夫人、シゾス夫人。予想外の当たりを取ってロングラン七〇回に及び、地方（ルーアン、リヨン、ボルドー、リール）や外国（ベルギー、ドイツ、オーストリア、ロシア）の公演の契約も入る。モーパッサンが気をよくしたのはいうまでもないが、寒さ厳しいパリにあって、健康はいよいよすぐれない。新しい長編「お告げの鐘」の筆を進める一方で、中編小説「イヴェット」の戯曲化を考える。「イヴェット」は一八八四年に発表の恋愛もので、娼婦の母を持ったことを苦にした娘が、恋人とは添い遂げられないと思い込んで自殺を図り、一命をとりとめて恋人と結ばれる話である。

もはやペンをとることもできず、自殺を考え始める。「ジル-ブラス」紙の時評はかろうじて口述で済ますが、他紙への寄稿は休筆か解約。かかえている作品はいずれも進まず、グランシェ博士への手紙でも、先に滞在のヴォージュ地方のプロンビエールでの時以来、一行も書けずに一年が経つと述べている。五月一八日、従僕のフランソワ=タサールは自分の仕事についての信用証明を書いてくれるようにモーパッサンに願い出ている。主人を失う不安から、つぎの転職先への推薦状を求めてのことである。

五月末ようやく南フランスへと下り、愛艇ベラミ号で航海を楽しむ。アヴィニョン、タラスコン、アルル、ニーム、そしてトゥールーズを短期に旅行し、リュションでは温泉湯治も試みている。病状の確実な悪化にもかかわらず、小説への意欲は衰えることを知らない。旅の途上も「お告げの鐘」の作中人物になりそうな女を探すといった具合である。六月、ディヴォンヌ＝レ＝バンで湯治。冷水療法をおこなう。パリのあちこちのサロンで、モーパッサンの梅毒による進行麻痺について尾鰭のついた噂が広がる。

七月、ニースの医師に診察を受けた後、一時パリに戻り、七月二四日より、ディヴォンヌ＝レ＝バンの近くのヴェズネクスへ。しかし、多湿の気候に害され、闘病に精根尽き果てる。モーパッサンの二年前の長編小説『死のごとく強し』のタイトルが、自分の「死よりも強し」からの盗用だと主張するニコラ＝ブルースという男と争う。怒ったモーパッサンは、「フィガロ」紙上で相手の不当を明らかにするようマニャールに頼む。

「死は間近だ」

八月はスイスで過ごしているが、全身的な麻痺で知的作業は妨げられ、「かつてないほど頭は病んでいる。頭に弾丸を打ち込みたくなるほどだ」と手紙に書いている。シャンペルの温泉場で食事をともにした詩人ドルシャン夫妻は、モーパッサンの誇大妄想を思わせる奇矯な言動に度肝を抜かれる。執筆中の長編「お告げの鐘」について、「これが最初の五〇ページです。一年来、専念しています。三ヵ月たっても仕上がらなければ、自殺します……」と語っている。

九月、二週間ほどエックス＝レ＝バンに滞在。カザリスら友人たちが、苦しみを少しでも和らげてあげようとつき添う。九月半ばを過ぎて、パリのボカドール街の住まいに戻るが、媚薬とも色魔ともいわれる怪しい夫人が出入りし、モーパッサンはその誘惑に溺れる。九月末から一〇日ほどカンヌに遊んで、一〇月はじめパリに戻ると、二日にわたり精密な診断を受ける。中・短編は書き過ぎた、もうつまらない、長編小説以外の仕事はしたくない、と編集者や友人に洩らしている。実際、日刊紙への短編の寄稿はもはややめてしまっている。

病状のかんばしくないことはモーパッサンも悟り、冬期は南フランスで療養しようとカンヌに借りた別荘に落ち着く。しかし、ベラミ号で海に出るのと、長編「お告げの鐘」の執筆はやめない（「お告げの鐘」と「異国人」の二作は未完のまま残されることとなる）。しかし、不眠症や全身的な痛みに悩まされる日は続く。

ニューヨークの新聞「エトワール」が、モーパッサンの許可なく短編「遺言」を種本につまらぬ英語の小説を彼の名で掲載したのに怒り、盗用と剽窃《ひょうせつ》のかどで訴訟を起こそうとする。しかしさすがに海を隔てての訴訟手続きは容易でなく費用もかかるので、引きさがらざるをえない。それにしても、生来の訴訟好きとはいえ、人への不信や反抗、拒否といった反応は、病勢のあらたな段階の表れと思われる。この当時、一週間で一〇キロ痩せたといっているし、いよいよ不治の病いは脳をも侵し始めている。

一二月はじめの鑑定では、特に精神に異常は認められなかったものの、クリスマスころから、幻覚に襲われることが多くなる。自分は頭が狂って死に瀕していると、医師や友人に洩らすようになる。友人たちへの手紙では、数日後に死ぬだろうとか、病気がひどくなす術を知らないとか、言葉をみつけられないほど頭が弱っているなどと書き、グランシュ博士やカザリス博士へも無秩序な書記法で苦しみの告白を綴る。

一二月一四日、遺言書を書く。三一日、「死にかけている、二日後に死ぬと思う。君にアデュを送る」と友に短信を送る。そして、カザリス宛の「死は間近だ。気が狂っている（……）さようなら友よ、もう会えないだろう」という手紙、これが残されたモーパッサンの最後の文となったのである。

ある資料によれば、一八九一年の暮れ、モーパッサンの愛人の一人、イヴォンヌ＝Xが息を引き取っている。オペラ座の踊り手で、モーパッサンとは一八八八年以来の仲である。エックス－レ－バンに

従僕フランソワ＝タサール

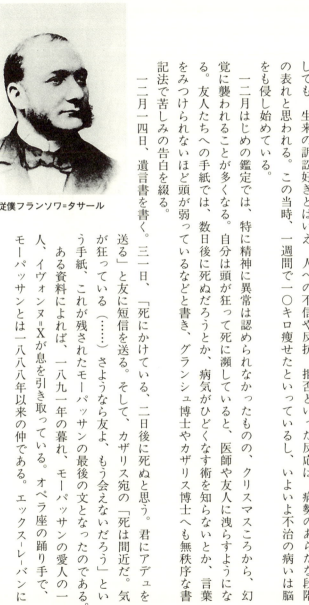

こっそり彼女のために家を借りることさえ考えていたらしい。若い愛人は、一八八九年の六月にはすでに病床にあり、一八九一年の末、サン＝ラザールで再会を夢みながら死んでいく。忠実な従僕フランソワ＝タサールに止められて、モーパッサンは枕元に駆けつけることさえかなわなかったという。

自殺未遂と精神病院

一八九二年一月元旦、カンヌから、ニースにいる母を訪ねるため病身をおして出かける。しかし、母ロール、叔母アルノア夫人、義妹エルヴェ未亡人、姪シモーヌと食事のテーブルについたものの、ギィは途中で狂気の発作に襲われ、あらぬことを口走る。誰もが、驚きと不安につつまれたことはいうまでもない。母ロールは、これを最後に二度と息子にまみえることはない。

モーパッサンはイゼールの別荘に帰ったものの、深更、一月二日二時ごろ、ペーパーナイフで喉を突いて、三度、自殺を企てる。ナイフは顔を傷つけただけで命に別状はなく、従僕のフランソワが医者を呼び、手当の後は、やや落ち着いて眠りに落ちた。しかし、翌々日も狂気の発作は起き、自殺騒ぎは新聞種となって、反響は大きく広がる。病人の監禁をうながす医師たちの意見に、母ロールも従うこととする。ただし、パリの病院へ送る前に、ベラミ号に対面させる。いく度となく地中海を周航した愛艇を見れば、覚醒するかもしれないと考えたからだ。しかし、これもただの悲しい別れとなった。

一月六日、看護人とフランソワ＝タサールにつき添われ、拘禁服を着せられてカンヌ駅から寝台車でパリへと運ばれる。七日、パリのリヨン駅には、アンリ＝カザリス、オランドルフ社主ほか、友人や報道陣が出迎えたが、衰弱がひどいモーパッサンは人々を見分けることもできなかった。馬車でパッシーにあるエミール＝アントワーヌ＝ブランシュ博士の精神病院へ向かい、別館の金網をはった病室に収容された。もはやここを出られぬまま、これから一八ヵ月の錯乱と鎮静が繰り返される日々が始まる。

エスプリ＝ブランシュとエミール＝ブランシュの父子博士は、当時はもうモンマルトルのノルヴァン街二二番地からこのパッシーのランバル館に病院を移しており、すでにド＝ラ＝ヴァレット伯爵夫人やジェラール＝ド＝ネルヴァルら著名な患者たちに進歩的な治療をほどこしていることで知られていた。このベルトン街一七番地の病院は、現在ではパリ一六区、バルザック記念館の坂の下にあるダンカラ街一七番地で、トルコ大使館として使われている。元来、マリ-アントワネットの女官ド＝ランバル大公夫人邸だっただけに、今も立派な建物にその趣をとどめている。ブランシュ博士は、モーパッサンと面談の結果、その冷静な応対にまだ希望はあると判断したが、やがてずっとつき添っている従僕フランソワ＝タサールにまで被害妄想を抱くようになる。

新聞は各紙各様に、モーパッサンの回復を仄めかすものもあれば、きわめて憂慮すべきだとするものもあり、またすでに過去の人として扱うものもある。一二月には、モーパッサン救済の寄付集めの話が持ち上がる。一月一一日、ルイ＝ガンドゥラは、モーパッサンについていい加減なことを書きたてる記事に対し、「ゴーロワ」紙に激しい抗議の一文を掲げる。

一月一四日、精神錯乱が始まる。二月、モーパッサンの近親者たちが、作家の財産管理人としてラヴァレイユ氏を選任する。四月二〇日、精神状態はいちじるしく悪化する。夏に入り、母親のロールと従僕フランソワが相談の上、どうせ直る見込みのない身なら田舎へ連れて行こうと骨折るが、それも実現せぬまま、妄想の相手と話したり時に凶暴性を発揮する症状が進行していった。指で土を掘り、九ヵ月したら穴から赤子が生まれると看護人に話したというエピソードもある。

モーパッサンの最期

一八九三年一月、拘束服を着せられる。記憶力が失われ、友人のポール＝アルノールが見舞うと、すでに彼を見分けることができない。間歇《かんけつ》的に狂気が訪れるのではなく、正気に戻るのが時折、という状態に進行している。

そんな悪化の一途をたどる本人をよそに、三月六日、コメディ＝フランセーズでモーパッサンの喜劇『家庭の平和』が初演される。これは、短編「ベッドのそばで」の戯曲化で、一八九〇年の夏、以前書かれた二幕ものを一幕ものに書き改めたもの。自信作であったが、今となってはそれに立会うこともかなわない。リハーサルは、アレクサンドル＝デュマ＝フィスの立会いのもとにおこなわれ、しばらくしてオランドルフ社から刊行される際も、多少デュマの手が入ったとされている。同じくオランドルフ社より、これまでの『昔語り』『ミュゾット』『家庭の平和』を収めた『戯曲集』も刊行される。

三月、食事が一人で摂れなくなり、一回目の痙攣発作。以後、時々、癲癇に似た痙攣を起こす。五月四日、ギィの母ロールからただ一人、出入りを許されていたエルミーヌ＝ルコント＝デュ＝ノユイ夫人は、モーパッサンの姿をこう記している――「精神病院の中庭の青い空の下で、彼は腰を下ろしていました。何と青ざめ、老い、弱っていることでしょう。それは一つの影です。目に立つのは、萎びた顔だち、赤く光を失った目、顎の筋肉がゆるみ頬もたるんでいます。肩は曲がり、痩せた蒼白の手で、覚えず顎を撫でているのでした」。

六月二八日、連続的な発作。その後、数日、昏睡状態。七月二日、昏睡より覚め、最後の発作。七月六日朝九時、ギィ＝ド＝モーパッサンは向神経性の進行梅毒により永眠。病身の母も、中風の父もついに訪れることなく、看取ったのは二人の看護人のみであった。享年四三歳。

七月八日正午、サン-ピエール＝ド＝シャイヨ教会にて葬儀。文人やかつての愛人など多数が参列し、文芸家協会代表エミール＝ゾラ、友人代表ポール＝アレクシの弔辞は、涙をさそった。墓所はモンパルナス南墓地第二六区。柩を墓穴に下ろす綱を握ったのは、ゾラ、出版社主オランドルフ、代訴人ジャコブ、義妹の縁者ルイ＝ファントン＝ダンドンであった。同二六区には、同じころの文学者では、心理小説作家ポール＝ブールジェ、耽美派詩人ピエール＝ルイスらが眠っている。

墓は、開いた本を斜めに寄せかけた台座の上に、二本の円柱が「ギィ＝ド＝モーパッサン」と名前を彫った白い石を支えている。手前の唐草模様の鉄柵の中は花壇のように花の植え込みになっている。ノルマンディー生まれの若牛のように逞しい、仕事にも操艇にも色事にも、そして闘病にも過激な生涯を送ったモーパッサンにしては、白い墓石と可憐な植え込みは、ロマンティックなついの住処に見える。

やがて四年を経て、一八九七年、パリのモンソー公園に、池を背にしてモーパッサンの胸像が建てられた。胸像を支える高い台座の足元には、右肘をクッションに預けた女性の像。そのゆったりとのばされた左手の指に挟んでいるのは読みさしの本。広がったスカートと投げ出して組んだ脚にも、読書に没入するけだるい女の雰囲気が出ている。あるいは、なお甘い恋愛小説に読みふける夢うつつの、あの『女の一生』の主人公ジャンヌでもあるだろうか。婦人をあしらったこの記念像は、彫刻家ラウル＝ヴェルレの手によるものである。ついで一九〇〇年、ルーアンのヴェルドレル辻公園の一隅にも胸像が置かれる。

死後の出版と上演

なお、父ギュスターヴは一八九九年、サン＝マクシムで、母ロールは一九〇四年、ニースで没し、ギィ半生の忠実な従僕フランソワ＝タサールは、主人

モーパッサンの墓
筆者撮影

の回想を執筆出版して、一九四九年に死んでいる。最後に、死後の出版と上演について簡単に触れておこう。

一八九九年、オランドルフ社より短編集『ミロンじいさん』が刊行される。表題作のほかに二一編を収録、その構成はモーパッサンの生前の意図に沿ったものといわれる。ベルギーの「アール‐モデルヌ」誌は、新刊紹介で「的確な筆致、本質をとらえる観察、力量豊かな文体、衒学趣味を排した自由で純粋な精神……、それは悲しみと栄光を通して感動をもって読まれるに値する」と称讃している。また、五年をかけてオランドルフ社より絵入り全二九巻の最初の全集が出版される。

一九〇〇年、オランドルフ社から、二〇の短編を集めた『行商人』を刊行。

一九〇二年、『脂肪の塊』が、オスカール＝メテニエの脚色でアントワーヌ座にて上演。また、一九一二年『ベラミ』が、フェルナン＝ノジエール脚色によりヴォードヴィル座で公演される。

その後、全集では一九〇〇年代にコナール社版が、一九三〇年代にリブレリ゠ド゠フランス社版が刊行される。その他の作品集や単行本の類いは、枚挙にいとまがないが、近年もっとも信頼されるテキストとしては、ガリマール社のプレイアード叢書三巻がある。ルイ゠フォレスティエ編の短編・中編が二冊と、長編が一冊で、これで主要作品のほぼ全容を読むことができる。

II　モーパッサンの文学世界

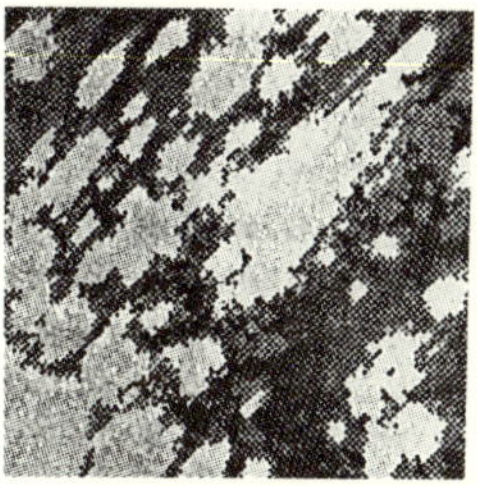

詩作品

文学への第一歩

自然主義の短編作家として、世界的にあまりにその名の高いモーパッサンの思想を語るのに、詩作品をもって始めるのは、作家にとってあまり名誉なことではないかもしれない。というのも、若書きのそれらの詩は、芸術的評価の対象となるほどの十分な値打ちものではないからだ。しかし、詩をもって文学への第一歩をモーパッサンが歩み始めたのは事実だ。それに、そこにはすでに小説や戯曲に発展してしかるべき構想も見られるし、モーパッサン文学の本質さえ読み取れるのである。

一八八〇年四月一七日、シャルパンティエ社から出版された『詩集』に、少年期から二〇代にかけて書かれた長短一九編の詩が収められている。収録作品を、テーマ別に概観しておこう（訳詩引用は、堀田善衛訳による）。

自然児の恋

もっとも幼い頃の心情を書き留めたと思われるのが「発見」という四行七連のもの。「幼いころのこと。ぼくは勇ましい戦いが大好きだった」で始まり、王たちの冒険や戦争からの凱旋に憧れを抱いていた男の子らしい日々の中に、一人の女の子が現れて、まったく別の世界へと目を開かれる。その発見の「驚き」、幼時期の異性へのほのかな目覚めを描く。

「鳥さし」は、五行七連で古風なオクトシラブ（八音綴）で童《わらべ》歌か俗謡の趣き。花咲く野辺で、子供が、ワナで小鳥を狙う野遊びのうた。『「愛」の鳥さし』と呼ばれるすばしっこい子供は、むろんノルマンディーの茂みや原っぱを自在に駆け巡っていたギィ少年だ。「かくて、夜ごと鳥かごはつかまえた／小鳥たちでいっぱいだ」というオチが、いわば少年とキューピッドをダブらせた工夫といえよう。

「散歩」には「一六歳に」の添え書きがあるように、思春期の清新な明るさと、並んで森を歩く少女への心のときめきがそのままにうたわれている。アレクサンドラン（一二音綴）で綴った二八行の詩だが、語り口は散文詩風。大地と青空、緑の草とバラ色の露、地平線と太陽といった自然描写は、まさに幼少年期をすごしたノルマンディーのそれである。学校の休暇や課業から解放された時の散策と、まだ内気で幼い恋の揺らめきを筆にしたものであろう。「ぼくの父母はけんかだ、なんだか知らぬが、／ふたりは朝から晩まで戦争なんだ」という六〜七行目は、実際に離婚にいたったモーパッサンの両親の、日々目の当たりにしたいさかいが、幼い心に刻んだ消えない傷であったことを示している。明るい詩行の中をふとよぎる、悲しい痛みである。

「陽光一撃」は、一口話のような二四行詩。六月の強烈な陽射しに刺激された欲情が、行きずりの女を激しく抱く幻想をいだかせる。荒々しい口づけで女をおおい、星の燃える天空へと昇って行くが、あまりに強く抱き締めたので、女の息は絶えていたという下げ。いかにも若さはちきれんばかりの、ノルマンディー男子のまばゆい幻覚。

「欲望」も、道で出会うあの女この女への愛欲の狩人たらんとの憧れを軽やかにうたう。四行八連の内に、その愛撫を黒髪からかっ色の髪へ、クリ色の髪から金髪へとさまよわせ、さまざまの女体を味わいつくしたいと語る。「――これらの果実には、歯型をつけるだけにとどめねばならぬ。奥にはにがい味のあるものゆえに」と締めくくるところには、ただ性欲のみに焦がれていた若者が、女というものをいささか知り始めた観がある。それにしても、モーパッサンは生涯こうしたおおらかな性愛讃歌を唱えつづけた「若き」作家だったといえよう。結婚することなく、あまたの女友達と交わりを持ち、人生そのものが奔放であったばかりか、体験に基づく多数の艶笑小説を物したことからもそれは納得がいく。

少年の成長にともなう愛や性の目覚めが、こうして故郷ノルマンディーの風光をバックに綴られていくが、人の愛には結合に対して離反というメカニズムのあることもギィは学ぶ。「愛の終わり」は一〇〇行を越える一幕ものの芝居仕立て。男女の対話と野や霧や森といった自然の背景。テーマは純愛を訴える女心の哀しさ。女はいう、「人々が愛するとき、なぜそれは一生の愛ではないのでしょう?」。男はいう、「ぼくにはどうにもできない。人生ってこんなものなんだ」「この愛が墓までつづくなんて約束した覚えはない」。小鳥のさかんなさえずりの中にひとり残された女の最後のつぶやきは、「愛の神さま！　人間はあなたを理解するにはあまりにも卑しすぎます！」。

寒い風景、凍る心

冬の荒涼たる風景詩に「雪の夜」と「野雁」がある。動くものとてない白い雪原では、射す月光も凍りつくよう。四行六連の「雪の夜」では、凍てつく小鳥の怯える目に、作者の心情が託される。「野雁」は、雪降る空を渡り行く雁の一隊と、地上に置き去りにされていく囚われの鳥をうたい、壮絶の観がある。一方、同じ叙景詩でも、「月光の歌」は、「短編小説のために作れる」と添え書きされているように、創作上に工夫がある。「月の光」である「ぼく」が、高みから水や草や木に降りて来て、鳥や動物や恋人たちの上に束の間射しては彷《さ》徨《まよ》って行く。スケッチ風の習作。

二四行の小品ながら「恐怖」からは、後年の「オルラ」「恐怖」「たれぞ知る？」などの短編小説の萌芽を見て取れる。「わたし」の背後から誰かが近づき、身をかがめる。死が忍び寄るように思える。突如、物のきしる音。叫びをあげて「わたし」は、のけぞり倒れる。神経性疾患の徴候はまだなかったはずだが、不可視のものへの恐れをテーマに一編の作品をこうして早くも作り出している。

一方、「祖父は死せり、冷たくこわばりて。／享年九〇歳」と始まる「祖父」は、あたかも体験に基づくもののようだが、「われ追憶す」を連呼するばかりの極めて凡庸な出来。一八五一年、一歳になったギィの正式洗礼がトゥルヴィル゠シュール゠アルクの教会堂でおこなわれた際、両親とともに双方の祖父母が立ち会っており、ギィの成長期にもなおしばらく二人の祖父は存命であったと思われるが、母方のポール゠ル゠ポワトヴァンは比較的早く亡くなっている。父方のルイ゠ピエール゠ジュール゠モーパッサンは一八七五年に病没しているが、享年八〇歳である。ギィの父ギュスターヴ゠ド゠モーパッサンは遺産や負債などのごたごたが原因であろう、ジュールの葬儀にはギィが代わりに参列している。ギィ二五歳の時のことだから、仮に全くの創作ではなく、その折の感慨を綴ったとするとかなり稚拙な出来である。

たとえば、祖母の死後、時経るに従い悲しい思い出の傷口が深く広がっていく心情をうたったジェラール゠ド゠ネルヴァルの「祖母」（一八三四）や、死者たちの遺髪が先祖の血へと遡行をうながす象徴性を帯びたジョルジュ゠ローデンバックの「小箱」（一八七九）のような詩的深遠さからはほど遠い。

滑稽をうたう

次の三編は、モーパッサン得意の恋のアプローチの詩。「愛のつかわし」は、「テュイルリー公園にて」の添え書きのある一六行の小詩。パリの公園のベンチで遊ぶ幼子に口づけを与え、その子の母への恋慕をそれに託して届けよかしと語りかける他愛ない小品。幼児を、愛の使者キューピッドに見立てたもの。

「警告」は四行一四連の、おどけた横恋慕の戯れ歌。「ぶしつけに」といった意味の断り書きがある通り、全体は人妻への愛の告白の形を取りながら、「若くて、美しく、機知にみちた心をもったあなた」(第四連二行目)と「すぐにもあなたをこの腕で抱きしめたい」(最終連一行目)の二行を除けば、すべて「あなたのだんな」への揶揄に終始している。太ったぶおとこ、無害なバカ、あなたをけがす尾なしザル、角砂糖の数をかぞえるけちんぼう、と「この膀胱のようなだんなさま」への罵詈雑言。どうもモーパッサン自身が、田舎の舞踏会か何かで見そめた若い人妻の耳元で、面白おかしくその肥満の主人を笑いの餌食にしてにじり寄ろうとしているのが目に見えるようだ。名声欲や勲章にしがみつく俗物ブルジョアへの嫌悪という、生涯変わらぬ作家の態度がこの嘲笑の内にすでに示されている。

四行三六連の「征服」という詩は、長さの点からも一編のコントといってよい。セーヌ川でのボート遊びをテーマにした後の短編小説「野あそび」「森の中」「ハエ」などの原型といえる。若い男がブールヴァールですれ違ったすばらしい女に身をこがし、アヴァンチュールを夢想する。友達に誘われてボートを漕ぎに出かけ、ばったりその女に出会う。空想とは裏腹のあばずれ女ながら、互いに情が通じて二人は仲間たちから抜け出してよろしくやるという筋書き。最終行のオチは「宝石なかりせばガラスにて、まにあわすべし」。背景をなす太陽、川、草原の輝きや、河上のボート遊びの描写は、モーパッサンの得意とするところである。

ちょっと変わった作は「道ずり」で、パリのブールヴァールを散歩する二人の受勲紳士の、対話だけの一〇〇行ほどの詩。アレクサンドランで書かれた習作戯曲といってよい。一つ一つが短い会話で、話題は、天気、健康、芝居と移っていくが、いかにも勲章紳士たちの挨拶らしい当たり障《さわ》りのない陳腐なもの。モーパッサンの締めくくりは、「人々がしゃべるという愚行を黙るという愚行よりも好む／ということがわからない」と、皮肉たっぷりである。頭はからっぽの有産階級への嫌悪は、フローベールのブルジョア嫌いとも通じ合うもの。軽蔑や憎悪からさえ作品を作り出してしまう才覚は、やがて短編小説でも発揮されるが、モーパッサンの揶揄嘲笑には、まことに歯に衣着《きぬ》せぬところがある。

洗濯女との逢引

さて、右の他に肝要な四つの長詩がある。「壁」は巻頭に、「いなかのヴィーナス」は巻末に、「水のほとり」と「最後の駆け落ち」は、詩集をほぼ三分する要所に置かれ、いわば要石の役を果たしている。このうち三編はいずれも『詩集』収録のしばらく前に雑誌発表され、好評の一方で、強烈な官能描写が検事局から召還を受けるという事態を引き起こしている。では四編の詩について、発表順に見ていこう。

一八七六年三月二〇日、「文学共和国」誌に「水のほとり」が載る。すでに戯曲や中編小説も試みに書き始めてはいたものの、二つの短編が活字となった程度で、まだ全くの無名の時期である。しかし、二六歳の血気にはやる野心満々のギィは、これで詩人として一躍有名になれると信じていたようだ。卑猥な内容のせいで法廷に呼ばれたら、それも面白いと考えていた節がある。実際、あからさまな性描写によって、世間の注目を集めるだけの効果はあった。事前にマンデスが高踏派のグループの反応を見たりして、掲載に踏み切るまでに迷ったと思われるのも、詩としてはなかなかでありながら、露骨すぎる内容ゆえであったろう。

「むしあつい陽光が垂直に共同洗たく場にさしていた」で始まる二百数十行の詩は、四章からなる。一章で、燃えるような暑さの中、洗たく場で下着を洗う「大理石のヴィーナス」のような娘の、躍動する乳房に、「わたし」の目はくぎづけになる。ことばを交わすと、夜、野っ原の端で会う約束ができる。二章では、月が野を照らし、なま暖かいそよ風に乗って鳥や蛙のさんざめき。草の香りの中についに女のくちびるを見つけ、「永遠のように長いくちづけ」、そして「一声の愛の叫び」。三章では、五ヵ月のあいだ夜ごとに水のほとりで続いた愛撫のさま。交尾し合っている動物たちの間で、大自然に抱かれての愛の営み。四章では、憔悴《しょうすい》し顔色青ざめた二人が、生命の流れ去る前にもう会うのをよそうと約束するが、やはりいつもの木陰に来てしまう、「死よりも強い欲情が／われらを動かし、互いの血をまぜ合うことをしいるのだ」。そして、いつの日か、抱き合ったままの死体が発見され、亡霊が高いポプラの下にもどってくるだろう、と閉じられる。

ことが度を過ぎて死ぬ男女の話、といえば下品だが、人の中に潜む野性的な情欲をつき動かす大自然の恵みが、詩の背後に感じ取れる。ノルマンディーに育ち、そこで性に目覚めていったモーパッサンの青春、そこで全身体、全感覚で感得した愛欲の讃歌といえようか。

ところで三年後、一八七九年一一月一日、エタンプの地方雑誌である「現代自然主義評論」にこの詩の一部が「娘」の題で載る。翌年、同じ雑誌に掲載となった「壁」と合わせてモーパッサンは検事局の告発を受け、あやうく起訴されそうになる。

老年の悲しい愛の末路

「水のほとり」の成功と、カチュール＝マンデスとの親交のおかげで、「文学共和国」に、一八七六年、続いて「最後の駆け落ち」も掲載となる。署名は今度もヴァルモンである。老年の悲しい愛の末路を描いた詩は、六章からなり、二四三行という長さだが、こみいった内容ではない。廃墟のような古城に、城同様くず折れそうなよぼよぼの老夫婦が住んでいる（一章）。ところが、春の陽光と熱い息吹が若さをよみがえらせ、二人はふと思い出の公園に出かけてみることにする（二章）。子どものように手に手をとり千鳥足でたどり着くと、一つ一つのせっぷんを回想する（三章）。かつてと同じベンチで、小鳥の歌声を聞き森の香りを吸う。だが、見つめ合った二人は、互いの老いに落胆し、帰途につこうと歩み出す（四章）。「老婆のほうが、ぜんまいが折れるように倒れた」、老女は窒息して死にかけている。老爺の助けを呼ぶ声もむなしく、夜のとばりが降りて来る（五章）。寒さにふるえる二人の老人の上に、夜じゅう雨が降り続いた。やがて、あけぼのの光の中で人々は小さなしかばねを抱き起こす、「海底の溺死者のような二つのからだを」（六章）。

読者の胸をえぐるのは、愛おしさ、そして酷さである。睦み合った若い日々の追憶にふける、哀しくも優しい気分と、これを容赦なく傷つけていく残虐さ。老醜を拡大し、揶揄するかに見える、ナイフのような鋭利なペンこそ、やがて小説でも縦横に振るわれる、それである。

ヴィーナスとファウヌス　さて、一八七六年の「水のほとり」他四編を発表の後も、モーパッサンの詩作と、フローベールの添削指導は続いていたようで、一八七八年の手紙の中でフローベールは「いなかのヴィーナス」という詩がどうなったかを訊ねている。文部省勤務のかたわら、一八七九年二月には韻文劇『昔語り』が上演され成功を収める。フローベールもこの機に乗じて、その年の一〇月から一二月にかけて、「新評論」誌に「いなかのヴィーナス」を掲載してくれるよう再三頼んでいる。フローベールは編集責任者のジュリエット＝アダン夫人にも、また当のモーパッサンにも、すばらしい詩だと称讃し、当然載るものと考えていたが、結局は掲載されるにいたらなかった。

フローベールがモーパッサンの詩作品中、もっともできがよいと認めるこの長詩は、全六章、五一行と一番長い。しかし、獣的な欲情と、加虐的なセックスと殺戮は、快い読後感ではない。たしかに、後の短編でも狂気や野獣性とともに様々の性や愛は描かれるが、これは世間の度肝を抜こうとする異常かつ変態的なものである。

「老いたる地は今なおヴィーナスを産む」という意味の八行の前書きの後、一章では、海辺に捨てられていた女の子が人々に愛され、やがてはね回るヤギのように美しい肢体の娘に育つ様子が述べられる。二章では、成熟した挑発的な娘に男たちは欲情をそそられ、血みどろの闘いに勝ち残った男から、娘は「恐れもなく獣のような愛撫を」受ける。三章、情火は火事のように村じゅうに広がり、「危険な本能」を潜ませた娘へと肉欲のままに男たちは引きずられ争い追い求める。四章、「奇妙なことに、動物たちまでが彼女を愛し」、からだを擦りつけあと足で立ち上がり、鳥は羽をばたつかせる。五章、夕べには人をのがれて娘は裸体を冷たい海に浸し、波から出ると月光に照らされた美の立像を天の下にさらす。

最後の第六章は、全体の半分を占める長い詩行で、一つの独立した猟奇譚といってよい。肉欲のために生まれ自然児として育ったこの娘に対比させて、どぶに捨てられた牧夫として育ち、憎悪の固まりとなって生きる醜怪な年取った男が登場する。

魔力を持つという風評の老悪魔は、美しい純潔な娘たちを苦もなくつれ出し、意のままにしていた。〈いなかのヴィーナス〉も、激しい嫌悪を抱きつつも運命にうながされ、老爺の小屋を訪れる。

犬のにおいのする老人のねばねばした愛撫、「彼女の全存在は氷のような冷たいくちづけの下で震えた」。老人の心に歪んだ嫉妬と残酷な復讐が芽ばえると、〈いなかのヴィーナス〉も抵抗し始め格闘は長く続き、ついにやむ。青白い日の光が弱く射した時、老人は血塗られた手と顔で雪原に立つ、「皆来てくれ、彼女は死んだ！」。乳と乳との間に包丁の突き立てられたかばねを、村人たちは運び去る。老人は、凍った野原に、全宇宙が去ってしまったかのように、孤独に残される。

詩の終わり近くで、モーパッサンはいう、「――彼女は美を、彼は邪悪をもっていたのだ、／どちらかが負けねばならなかった」と。死んだ娘の金髪が太陽のごとくに広がり「後光とも見まごうばかりであった」とも描写されている。一糸まとわぬ官能のいなか娘をヴィーナスと呼ぶならば、「顔はヤギのように毛だらけ」で、「曲がった足で」立つ老漢は、半人半獣の好色で知られるファウヌスを思わせる。そうした神話的表象が、詩をいくぶん浄化していよう。多彩な自然描写をバックに、性という本能を淵源へと遡行する試みは、かつていかなる詩人も試みなかったことかもしれない。しかし、展開される原初的光景は壮絶ではあっても、芸術の求むべき美や生の顕在化とは呼べそうもない。

官能的な影の姿態

『詩集』の最後を飾っているのが「いなかのヴィーナス」であるのに対して、巻頭に掲げられているのが「壁」である。この方は、もう少し洗練されて都会的といえる。

一八八〇年、フローベールはしきりに、モーパッサンの『詩集』出版をシャルパンティエに迫っている。なかなか実現の運びとならないので、社主の妻シャルパンティエ夫人にも推薦文を送る。それでもシャルパンティエの病いなども原因して事は進まない。「新評論」への「いなかのヴィーナス」掲載が失敗に終わったことはすでに述べた通りである。

だが、前年一八七九年に執筆、クロワッセでフローベールに見てもらっていた「壁」が「現代自然主義評論」誌に掲載となる。フローベールもモーパッサンもこの雑誌とは特に関係はなく、同社のルセンシュールからの依頼で「壁」一編を送ったところが、半分割愛して掲載した。したがって、これでは詩の全容もつかめず、あらためて目にしたフローベールもほめてはいない。ところで、月夜の公園を散歩するカップルの、意味深長な影法師をうたったこの「壁」は、去る一八七九年一一月同紙に発表された「娘」と合わせて、発行場所であるエタンプの検事局から起訴される。公共及び宗教上の道徳壊乱が召喚の理由である。

しかし、「娘」はすでに「文学共和国」に三年前載ったものを、ハリ=アリスがその一部を改題して再度掲載したものであり、「壁」は抱き合う男女を描いたとはいえ、問題になるほどのものとは考えにくい。そこには、別の誰かへの攻撃や何か政治的絡みがあったのかもしれない。いずれにせよ、モーパッサンはただちに（いささか大げさに）フローベールに救いを求め、フローベールは棄却させるべく政治家を動かす一方で、「ゴーロワ」紙に抗議と芸術擁護の記事を寄せる。

同一八八〇年の二月末、エタンプの検事局は訴えを取り下げ落着を見る。「壁」は、一〇〇行を越すやはり官能的な詩。明るいサロンを出て、「人々は影多い道へと散っていく」。「わたし」と「彼女」は乳色の月光に包まれ、熱い欲情が身内にこもる。高慢な女は守りが堅いが、二人のもみ合う動きが、ふと白壁に影を映し出した時、女の心は思いがけずほぐれて笑い出す。一三九～一四二行目、つまり最後の三行はこうある、「ウグイスは木でうたい、澄んだ空の奥の月は、／いたずらに壁の上に二つの影をさがしたが、／もうたった一つの影しか見えなかった」。

男女のもつれ合いを、壁に投影された影に着眼して描いたところに独創性がある。他愛ない影絵の滑稽さの中に、男女の心の駆け引きを絡めた点、巧みな一編として仕上がっている。

『詩集』の刊行

さて、裁判も取り下げとなって片がつき、一八八〇年四月、待ちに待った『詩集』が刊行の運びとなる。モーパッサンにも増してその刊行を強く望んでいたと思われるフローベールの喜びはひとしおであった。しかも『詩集』はフローベールに献じられており、また、序文として冠せられている五ページほどの「ギュスターヴ＝フローベールよりギィ＝ド＝モーパッサンへの手紙」は、モーパッサンが裁判所より召喚を受けた折の、公開抗議文である。この「手紙」の日付は「一八八〇年二月一九日、クロワッセ」でつぎのように始まっている、「じゃあ、本当なんだね？　最初はてっきり冗談と思っていた！　でも違うなら、あやまるよ。で、連中はエタンプで浮かれてるってわけかい！　植民地も含めたフランス領土の全法廷の支配下に僕らは置かれるってわけかい？　今はもうない新聞に以前パリで載った一編の詩が、地方紙に転載されるや罪になるとはどういうことか？　今や僕らは、何を強要されているのか？　何を書けばよいというのか？　何という無知の地に僕らは暮らしていることか！」。

司法や行政の官僚たちの無理解をやっつけ、芸術の尊さと美の重みを訴える一方で、自身の『ボヴァリー夫人』裁判の経験から、裁判沙汰はかえって作品の宣伝効果ともなることを、半ば真面目に語っている。売れ行きは、初版、第二版と好調に伸び、六月にはすでに第三版の刊行を見るのだが、すでにその時、フローベールはこの世にいない。

かくして、文学への出発点となり、芸術家としての道を歩む鍛錬の過程ともなった詩作の修行は、一巻の本となって結実した。『詩集』全体を貫く主要なテーマは、一つは自然の香りであり、一つは肉の匂いである。そしてとりわけ、ノルマンディーの大気が、読後も濃厚にまつわってくる。詩行は韻は踏んでいても饒舌な印象であり、モーパッサンが決して「詩人」ではないことを示している。そのかわり、この「散文家」の詩は、小説家としての成功を予測させる。これらの種子から、小説・戯曲、とりわけ三〇〇を越える短編が、やがて花開くのである。

今日、読まれることの少ない詩作品が、長からぬ人生の前半において、習作の訓練と散文作品への土壌をどれほど培っていたかは繰り返すまでもないだろう。

中・短編小説

中編と短編との区分は判然としたものではなく、おおむね一気に読めるものの内でも長めのものをヌヴェル（中編小説）、短めのものをコント（短編小説）と呼ぶにとどまる。モーパッサンの場合も、小説とはいえ、回想風のもの、日記風のもの、自伝風のもの、ドキュメント風のもの、随筆風のものといろいろである上、長短もまちまちである。

多彩なテーマ

ルイ＝フォレスティエ編纂のプレイアード叢書『短編・中編小説集』I（一九七四）・II（一九七九）には、合わせて三〇六編が収録されている。この内、全く同じタイトルで二編ないし三編が書かれているものが一〇例あり、逆にタイトルは違っても同じ素材や内容が繰り返されている場合も多々ある。三〇六編を閲《けみ》するに様々な視点があると思うが、病死、老衰、殺害、事故死、自殺ほか、何らかの形で死を扱った作品は、実に全体の三分の一以上を占める。他方で、出産、嬰児、幼児、子供が登場する作は、五分の一を下らない。また、滑稽味を醸しているものは少なくとも全体の四分の一、悲壮感を味わわせるものがやはり少なくとも四分の一はある。どの作品も種々のエレメントの複合の上に成立しているのであって、なかなかどのタイプであると分類しきることは難しい。

ただ、諸要素が巧みに重層されている作品ほど秀作と呼ぶにふさわしいような気がする。

描かれる人物は、男女、家族、役人、農漁民、軍人、娼婦、乞食などであり、地勢的には、海洋、海岸、農村、林野、河（セーヌ川）、都会（パリ）、郊外（セーヌ河畔）などが舞台となっている。また数からいえば少ないが、オーヴェルニュ、スイス、南フランス、コルシカ島、イタリアやアフリカの場合もある。そして意図した主題を大雑把に分けるなら、背徳的な性または愛、運命や人間そのものの残虐性、狂気や幻覚による恐怖、が際立った三つの柱といえる。

ノルマンディーの風土から

小説の素材をまず求めるとしたら、小さい時からつぶさに目にし、記憶に刻み込まれたコー地方の見聞を元にするのは、ごく自然のことであろう。

「いなか娘のはなし」

モーパッサンの場合、ノルマンディーを描いた最初のものは、「いなか娘のはなし」(一八八一)である。特に地名はうたわれていないが、典型的なノルマンディーの農場での出来事と考えてよい。プレイアード版で約一八頁、五つのパート立てがなされているから、中編と見る向きもある。人物は農家の主人と女中ローズと作男ジャック、あとは隠し子、牧師など脇役が少々で、場面も農家と家の周辺にほぼ限られている。構成も、いくつか田舎らしいエピソードが混じるとはいえ、さして複雑なものではない。頑迷で愚かなほど一途な田舎人の心情と、田野の風物をうまくまとめた落し話といったところ。

第一節は、みなが食事をかっこんで野らに出ていってしまった後の、一人になった女中ローズの動きと所在ない様子。台所の片付けを終えると、暑熱の中で土間のたたきから発散する様々なものの臭気に耐えかねて中庭へ出る。交尾しているオンドリとメンドリ、はしゃぎながら駆けて行く子

ノルマンディーの農家　フランス政府観光局提供

馬。ローズの中にも何か動物的な幸福感が湧いてくる。藁の上に寝そべってうとうとしていると、出稼ぎの作男ジャックがのしかかってきた。一度は顔をなぐりつけてやったものの、男の腕を取るとローズは散歩に誘う。

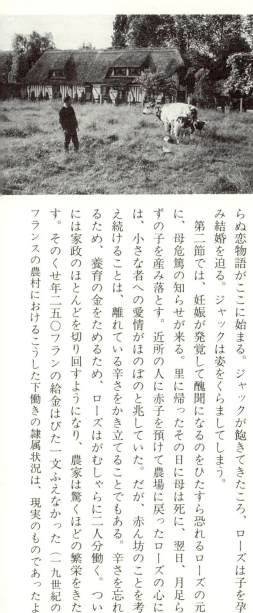

前からローズを追い回していたジャックの、いっしょになろうという甘言に、ローズは息が止まるほど長いせっぷんで応える。いつの世にも変わらぬ恋物語がここに始まる。ジャックが飽きてきたころ、ローズは子を孕み結婚を迫る。ジャックは姿をくらましてしまう。

第二節では、妊娠が発覚して醜聞になるのをひたすら恐れるローズの元に、母危篤の知らせが来る。里に帰ったその日に母は死に、翌日、月足らずの子を産み落とす。近所の人に赤子を預けて農場に戻ったローズの心には、小さな者への愛情がほのぼのと兆していた。だが、赤ん坊のことを考え続けることは、離れている辛さをかき立てることでもある。辛さを忘れるため、養育の金をためるため、ローズはがむしゃらに二人分働く。ついには家政のほとんどを切り回すようになり、農家は驚くほどの繁栄をきたす。そのくせ年二五〇フランの給金はびた一文ふえなかった（一九世紀のフランスの農村におけるこうした下働きの隷属状況は、現実のものであったようだ)。

第三節で、ローズが八ヵ月になるわが子に会って里から戻ってくると、農家の主人に呼ばれる。やもめの主人は、自分と身をかためないかと持ちかける。ローズは青くなり、隠し子のことがあるから、頑強に断り続ける。主人としては、しっかり者で働き者、倹約家のこの女を何としてもかみさんにしたいとねばる。ローズは、沼で死のうとし、それが元で病気になったが、主人は執拗である。ある夜中、ローズの寝床にこっそりもぐり込み主人は思いを遂げる。やがて、式を挙げようといわれた時、ローズは逆らわなかった。もう、どうしようもなかったのだ。

第四節では、結婚していく年かが過ぎると急に主人の気持ちが暗くなってくる。子ができないのを苦にしているのだ。ローズへの八つ当たりがひどくなる。

第五節のはじめで、二人が試す子を授かるためのあれこれの民間療法は、農村習俗の真実でもあろうが、コミカルなところでもある。灰を入れた水も、まじないをしたパンも、フェカンの教会へのお参りも、効験はさらにない。主人は女房をののしり、殴り、打ちまくった。ローズは思わず、自分には子供がいることを口走ってしまう。主人は怒るどころか有頂天になり、それならその子を引き取ろうと、女房の両の頰にキスをする。

こうして話は、子供ができないゆえに破綻しかねなかった農民夫婦が、女房の隠し子のお蔭で逆にうまく納まるというハッピーエンドで終わる。字を読むことも知らない女中が、男にだまされ人にはいえない子をもうけたところから、一転して身を粉にして働く勤勉者となり、やがてその家の主人の女房に納まる、というのは一種のサクセス-ストーリーとはいえまいか。なるほど、結末にいたるまでの、ローズの苦しみは、入水しようとするほど辛いものである。それも、醜聞や失職や無一文となることへの怖さ、無知な田舎娘なりの煩悶《はんもん》である。

女中であった者を女房として迎える主人の側としては、倹約や家政の手ぎわのよさ、収穫物の売買上手は、一軒の農家の切り盛りをまかせる上で絶対的な条件である。また、娘を女房にする強引なやり方や、子のできぬ八つ当たりの暴力は、土にまみれて生きる農民の動物的で粗暴な行為ではあるが、口下手で肉体の行動をもってしか意志表現をしえない朴訥さゆえと見てやるべきだろう。たとえ私生児であっても、女房が以前つくった子を自分たちの子供として迎えられる喜びに、最後にローズの両頰にキスを与える場面は、読者の胸に温かい涙を注ぐ。

それにしても、子孫にこれほどこだわるのは、後継者の必要と、日々大地と戦う辛い境涯の唯一の楽しみが子供であるということだろうか。自然の摂理の下にある土着の民の営為といえよう。

「子供」をテーマに

ところで、モーパッサンにはこれと同じ構図の作品が他にもある。二年後の『女の一生』で、女中ロザリとその私生児のエピソードに繰り返されるほか、短編「シモンの父」（一八七七）や「赤子」（一八八二）もそうである。私生児のシモンが、いじめられて川に飛び込もうとしたのを助けた鍛冶屋のフィリップは、男性に臆病になっていた少年の母ブランショットと結ばれ、シモン少年もいじめられなくなるというのが「シモンの父」で、短編の中でも傑作としてよく知られている。「赤子」は都会風なブルジョア階級の話。色好みの道楽者ジャック゠ブールディエールが、身も心も清純で美しいベルト゠ラニに思いがけず一目惚れし、これまでのすべての女性関係を断ち切って結婚しようとする。ようやくこぎ着けたその祝宴の晩、緊急の手紙が来て駆けつけると、かつての愛人が出産の出血で死の床にある。託された「わが子」を連れ帰ると、新妻も赤子を喜んで育てましょうという。

設定や意匠に違いはあっても、私生児が、片親のあらたな結婚によって、日陰者の人生から救済されるという点で共通している。モーパッサンに、赤子もしくは子供を扱った小説が多いことは注目してよい。中でも私生児や背徳の子、子殺しといった非情なものが多く、しかも、嬰児を異形の怪物のように表現することは執拗に繰り返されるテーマである。モーパッサンは結婚をせず、表向きは子供もいないものの、多数の女出入りのあったことは知られている通りである。モーパッサンのたねを宿したと推定される子もいく人かいる。モーパッサンにおける「子供」のテーマは、深層心理的にも興味深いテーマといえそうだ。

悲恋ものとファルス

古来、男の側からの性的快楽には、一盗二婢などということがいわれ、洋の東西を問わず姦通についで下女との楽しみはなかなかのものであったらしい。『女の一生』の挿話ともなっている父と女中との間違いは、モーパッサンにとってもっとも身近な実例であったろう。ノルマンディーものの短編でも、このパターンが二、三ある。しかし、下女をただ慰み物としたケースばかりではない。

五五歳になる独り者のオーモンおやじは、雇い入れた女中に、食事もコーヒーもベッドも何でも自分といっしょにせよという。無知な娘は、その度に言いつけ通りにして、半年後にはお腹が大きくなる。娘の父親が談判に行って、二人は婚約とあいなる。この「木ぐつ」（一八八三）という短編は、めでたしめでたしのファルス。ところが、「ほんとうにあった話」（一八八五）や「小作人」（一八八六）は、主人が女中を娶ってやらず他の百姓に押しつけたために、なぶり殺しにされたり恋病みに死んでいく哀れな結末である。

悲恋ものでは、エトルタから四キロほどの断崖上の実在の村ベヌヴィルに舞台をとる「ミス＝ハリエット」（一八八三）が、中編の傑作とされている。イギリス人の信心深い老嬢ミス＝ハリエットは、同じ宿に滞在していた画家レオン＝シュナルに秘めた恋心を抱く。宿を発つ前、画家レオンは旅人の常で、田舎娘の女中にキスを与える。翌日、井戸の底からミス＝ハリエットの投身死体が見つかる。

旅先での恋は、ヘルマン＝ヘッセの『クヌルプ』（一九一五）や、ジョン＝ゴールズワージーの『りんごの木』（一九一八）も同じシチュエーションといえるが、語り手の画家と同宿の女性の交友、そしてその女を海の風景画の中に立たせてみる設定など、福永武彦の『海市』（一九六八）にも本作を彷彿させるものがある。ただし、片思いの老嬢ハリエットが、思いつめて自殺にまでいたる微妙な心理の起伏を、リアルに描き切るこの中編には、モーパッサン一流の冷笑的タッチが見逃せない。

一八八〇年代、モーパッサンの示す冷厳さは、その度を増していく。「盲人」（一八八二）「こじき」（一八八四）「アマブルじいさん」（一八八六）では、年寄りや障害者が、「ピエロ」（一八八二）「ココ」（一八八四）では子犬や老馬が、ずるく残忍でしかも無知なノルマンディー農夫らによってなぶり殺しにされていく。作者はあえて、弱者が運命に酷く殺されていくさまを克明に描き出して見せる。まさに芭蕉が、富士川のほとりの捨て子に、「汝《なんじ》が性《さが》のつたなきを泣け」と言い放ったかのように。

ところが、そうした胸をえぐる冷酷さとは正反対の、コミカルな短編も時期を同じくして書いている。「ノルマンディーの悪ふざけ」（一八八二）「告白」（一八八四）「ベロムとっさんのけだもの」（一八八五）など、コー地方ののどかな田園に起こる土地ならではのファルス。たとえば「トワーヌ」（一八八五）。名物居酒屋の亭主が卒中で寝たきりになり、肥満の体をベッドから起こすこともできないので、女房が鶏の卵をあたためさせる。ヒナが一羽二羽とかえり、見物人は大喜び、トワーヌじいさんもひよこたちに親のような愛着を覚えるという人を食った話。これは、主に一二、三世紀に北フランスに流布していた滑稽と諷刺を旨とする笑話「ファブリオ」のノルマンディー版といえよう。お人好しのトワーヌと、憎まれ役の女房の対比もよくできている。

ノルマンディーといえば、農牧業ばかりでなく漁業も盛んだが、漁師を登場させた短編は「帰郷」（一八八四）「溺死人」（一八八九）など二、三にとどまる。いずれもあまり陽気なものではない。むしろ数多いのは、モーパッサン自身も熱中していた狩猟の話題である。「ウミガラスの岩」（一八八四）のように、婿の遺体を家へ運ぶのを二日延ばしても、鳥打ちに夢中になる狩猟家もいれば、「山番」（一八八四）や「シギ」（一八八五）のように狩りの集まりの夜話として語られる狩猟余談もある。そうした狩猟ものの中から円熟した晩年の作として、「オトー父子」（一八八九）を取り上げてみよう。

「オトー父子」　狩猟に出たオトー氏が事故死し、遺言により、囲っていた若い女性の面倒をみてくれるように頼まれた息子オトーが、父の代わりにその女性とねんごろになるという筋。ここでは、サディズムやシニカルな面は影をひそめ、むしろほのぼのとした温かみが感じられる。

父オトーは、四〇代半ばにして、かなりの成功を収めているノルマンディー男。意志堅固で着実、一筋に思い込む強情さ、それに自惚れのつよいのは、土地っ子の典型である。モーパッサンは、祖父や父、親族、周囲の上流・中流階級の中に、こんな太っ腹なノルマンたちをいく人も目にしてきたに違いない。さて、オトー父子と友人たちが狩りに出かけ、父オトーは真っ先に一羽のシャコを射止める。ところが、獲物を追って谷間の草むらに入りシャコを拾おうとした途端、手から滑り落ちた銃が暴発して、臓腑をえぐられる。家に運ばれた時は、もう手のほどこしようがない。息子を枕元に呼ぶとこう語る。七年前にやもめになってからルーアンにひとりの女を囲った、思いやり深い女で妻の思い出がなければ、結婚したかもしれない。自分が死んだら、いつも自分を待っている木曜日にレペルラン街一八番地へ行って、後に残す財産の中からそれなりのことをしてやって欲しい、こう言い残して息を引き取る。息子のセザール＝オトーは、埋葬をすませた翌日、「アンヴィルからルーアンへの街道」に馬車を走らせる。

ルーアンの周辺には、アンヴィルという村も町も実在しない。しかし、エトルタなどのある大西洋岸の雪花石膏海岸からルーアンにいたるコー地方には、ウルヴィル、フォヴィル、イエルヴィルなど、ヴィル（町）のつく地名が多いから、類似の名を創作したものであろう。セザールは躊躇する心を励まして、カロリーヌ＝ドネ嬢を訪ねる。クリ色の髪の若い婦人とその部屋の様子。そして、セザールの語る不幸な出来事への女性の驚きと呆然自失、そして悲しみ。こうした描写は、モーパッサンの独壇場といってよい。

そばにいる小さな坊やが父の子であると聞いた時、セザールは複雑な感動を覚える。若い婦人は、父オトーのために用意してあった昼食のテーブルにセザールをいざなう。贈与についての話し合いは、改めて翌週の木曜日にということになる。今はひとりぼっちとなったセザーヌには、一週間が長く感じられる。ドネ嬢のことが心の内に住み着いてしまったのだ。セザールは毎週木曜日にルーアンへ通い、父の座っていた席で昼食をとり、ワインを飲むようになる。

初期作品の寸鉄人を刺すモーパッサンの冷たさは、ここには見られない。生への拒否も、死への憎悪も、愛への裏切りもない。父オトーは、たしかに愚かな過失で死にいたるが、それも大好きな狩猟における事故死である。死は何も産まないが、オトーは何も失ってはいないのである。四〇代の死は若すぎるが、臨終のオトーには愚痴も悔いもない。息子セザールの悲しみは深いだろうが、かなりの遺産を残してやれる。父は、秘密の打ち明けられる家族のあることに満足を覚えている。愛人の後を託すことのできる息子、その信頼にすがってオトーは幸福に死んでいく。実際、息子セザールは心の優しい穏やかな青年である。そして、残された女性ドネ嬢も、オトーのことば通り優しい控えめな女性である。

こうして、三人の善良な人物はそれぞれに、父は家族の信頼を、息子は父の残した財産と女性を、そして女性はオトーの息子であり「わが子」の兄でもあるセザールを得るのである。ドネ嬢にとって、セザールが父オトーのかわりとなることは、オトーの座っていた席にセザールが腰掛け、やがてそこで、「父親のパイプ」でタバコを吸う場面によって暗示されている。これまでのモーパッサン流の筆法なら、父の愛人の相手として息子が後釜にすわった、という皮肉で滑稽な作りになりかねない。が、この作品ばかりは、冷たさがどこにも感じられない。三人の善意が、与え合うこと譲り合うことの優しさが、ドネ嬢の部屋の暖炉の温もりに象徴されている。

一八八九年一月五日、本作が「エコー・ド・パリ」紙に発表された当時、三八歳のモーパッサンは、すでにいく度も死の恐怖に襲われていた。病状も悪化の一途であった。孤独に倦《う》み、家族や信じられるものに餓えていたのかもしれない。また、死の予感が日々迫り来るに従い、すべてを許し、すべてを許されたいという思いが、作家の魂を誘惑していたのかもしれない。

戦争の果実

第一作「脂肪の塊」

一八七〇年から翌年にかけて普仏戦争に従軍した体験は、戦争や軍人を主題とする中・短編、約二〇編に、生きた素材を提供した。戦争ものの第一作目であり、かつモーパッサンが作家として世に出る出世作となったのが「脂肪の塊」（一八八〇）である。ゾラの主唱による「普仏戦争」に材を取った新進作家六人の競作の内で、それは群を抜く出来ばえであった。作品集『メダンの夕べ』は自然主義文学の宣言書でもある一方で、非国民、反軍国の一巻でもある。フランスでは衝撃的な敗戦の後、政情不安定が続き、反軍思想の潮流に乗れたことも成功に幸いしている。

〈脂肪の塊〉とは、むっちり太った小柄で男心をそそる娼婦エリザベット＝ルーセにつけられたあだ名である（一九世紀の娼婦の平均身長は、一五〇から一六〇センチというデータがある）。その〈脂肪の塊〉が、ルーアンに侵入して来たうすぎたないプロイセン兵に我慢がならなくて、ルーアーヴルへ脱出しようと、特別仕立ての馬車の一員となる。脱出の動機は、単純にして純粋である。雪の夜明けに六頭立ての馬車に乗り込んだ客は、県会議員のユーベール＝ド＝ブレヴィル伯爵、製糸工場主カレ=ラマドン、正真正銘ノルマンディー人のこす辛いが快活なブドウ酒問屋ロワゾー、この三人は夫婦連れ。それに修道院看護婦二人と民主主義者を気取る髭男コルニュデ、それに〈脂肪の塊〉。つごう一〇名、呉越同舟の悲喜劇は、六日に及ぶ。

一日目。朝四時半に集合。雪道に難渋し、昼食を取るはずのトートには容易に着けない。乗客の気まずさは徐々にほぐれ、〈脂肪の塊〉は自分の食料を全員に振る舞ってやる。一四時間の後、トートの旅籠に到着。ここを占拠していたドイツ士官が、〈脂肪の塊〉を呼びつける。にぎやかな夜食。言い寄った髭男コルニュデが、〈脂肪の塊〉にこっぴどくはねつけられる。

二日目。士官による出発の阻止命令。伯爵ほかお偉方が請願に行くが、追い返される。憂鬱な午後。夕食時、士官から〈脂肪の塊〉に再度何かの要求が来る。それが彼女と寝ようということであることがわかると、誰しもが憤慨、〈脂肪の塊〉に同情を寄せる。

三日目。事態は変わらない。さびしい昼食。〈脂肪の塊〉への恨みが芽ばえる。午後、修道女とコルニュデを除き、皆は村を散歩。無言の夕食。

四日目。客たちに疲労と苛立ちが見える。村の教会の洗礼式に列席しようと〈脂肪の塊〉が出て行った隙に、彼女を残して出立させてくれるように士官に頼むが断られる。昼食の席で皆は〈脂肪の塊〉に愛想よく振る舞い、午後は考える暇を与える。士官からの伝言を、〈脂肪の塊〉は相変わらず拒絶。夕食のテーブルでは、みんなはあの手この手の例え話で〈脂肪の塊〉を婉曲に説得。

白鳥亭　「脂肪の塊」の舞台となった現存する旅籠。筆者撮影

五日目。午後の散歩で、伯爵は〈脂肪の塊〉の腕を取り、巧みな外交手腕でこの「奉仕」を立派なことのようにいいくるめる。〈脂肪の塊〉は夕食に下りてこず、旅籠の主人は皆にうなずいてみせる。さてテーブルではシャンパンを抜く騒ぎ。コルニュデだけは「破廉恥ですよ！」と席を立つが、ロワゾー氏が、最初の晩のコルニュデの失態をすっぱ抜く。

六日目。冬の明るい日ざしが、雪をまぶしく照らしている。馬をつけた馬車が待っている。最後に乗った〈脂肪の塊〉を、皆は汚らわしいもののように避ける。彼女の方では皆の願いに負けたのが悔しくて腹を立てている。三時間ほど走ると、客はてんでに弁当をひろげたが、彼女にはそんなものを用意する暇もなかった。喰い終わったコルニュデは、「ラ・マルセイエーズ」を口笛で吹き、それに〈脂肪の塊〉のすすり泣きが果てしなく続く。

モーパッサンがこれを書く一年前に、国歌となったばかりの「ラ・マルセイエーズ」、それと太った娼婦のすすり泣きという取り合わせの妙は、フローベールも卓越していると絶讃するところだ。口笛は、ブルジョア連中への報復であり、真の愛国者が誰であるかを思い出させる魂胆でもある。

しかし、偽善者はお偉方やそのご夫人方ばかりではない。修道女も、革命家ぶっている髭のコルニュデも結局は同罪なのだ。結末は嘲弄的で、悔し涙の苦い味だ。

コルニュデは、モーパッサンの伯母の二度目の夫シャルル＝コルドムから、その面影を借りている。コルドム伯父は、ルーアンでデモクラシーを振りかざす論客として知られていた。また、馬車と並んで小説の主要な舞台となるトートの「商業軒」は、現存する「白鳥亭」である。この旅籠は、ルーアンから北に二九キロのトート村にある。ルーアンからディエップへの街道（現、国道二七号）とルーアーヴルからアミアンへの街道（現、国道二九号）が交差するあたりにあって、建物の裏側には、中庭と厩舎が宿駅の名残をとどめている。創業は一七世紀はじめで、時代とともにポンパドゥール侯爵夫人から、オルレアン公ルイ＝フィリップにいたるまで、貴人、著名人たちの定宿となり、フローベールも『ボヴァリー夫人』の一部をここで書いたと伝えられる。今日でも二階にはこの地方の古い家具が、一階の食堂には陶磁器のコレクションが飾られている。

モーパッサンのいわばデヴュー作である「脂肪の塊」には、ノルマンディーの風土と人間、プロイセン侵攻のありさま、売春婦への共感、滑稽味と悲壮感という、この後に書かれる作品群の主要な諸要素が備わっている。それらの巧みな組み合わせがこれを傑作にしているだけでなく、各人物の言葉と行動の的確な過不足ない叙述。鋭利なペンで彫琢《ちょうたく》された自然主義小説の見事な雛形というわけだ。

娼婦と愛国心

娼婦の登場する作品は多く、二十数編にのぼるが、その内にプロイセン兵を死にいたらしめる愛国の娼婦譚が二編ある。「令嬢フィフィ」（一八八一）は、ノルマンディーに侵攻してきたプロイセン軍の司令官以下四人の士官たちが占拠していたある館での話。少尉のウィルヘルム侯爵は、細い体つきとその口癖「フィ・フィ」から〈令嬢フィフィ〉と呼ばれていたが、この男がもっとも傲慢で無慈悲で凶暴であった。ある夜、ルーアンから五人の娼婦を呼んで宴会を開く。〈令嬢フィフィ〉は、膝にラシェルというユダヤ女をのせて唇に嚙みついたり、フランス人を罵倒したりする。口答えする女に少尉が平手打ちを食わせた途端、激しい気性のラシェルは果物ナイフで男の喉をひと突きにする。ラシェルは窓から夜の闇へ姿を消す。二五〇の兵が駆り出されるが、行方は杳《よう》として知れない。ラシェルはドイツ軍が引き上げると、司祭にかくまわれていた鐘楼から下り、娼家に戻るが、愛国心をかわれて幸せな結婚をする。〈令嬢フィフィ〉の非道な悪役ぶり、これに対する情熱的で敏捷果敢なラシェルには、フランス人ならずとも胸のすく思いを味わう。

もう一作「寝台二九号」（一八八四）は、フランス軍大尉の情婦だった美貌のイルマが、ルーアン進駐のプロイセン幕僚の女にされ、梅毒を移される悲劇。イルマは養生に努めるどころか、手当たりしだいプロイセン兵に毒を感染させて復讐を果たす。ところが、戦争が終わって死の床にあるイルマのベッドに呼ばれた大尉は、その汚らわしい病気に恐れをなして逃げ出してしまう。恥ずべき行いをしてくれた、という大尉に、イルマは言い返す、「勲章をもらう価値があるのは私の方、プロイセン兵をよっぽどたくさん殺したんだから！」。

日陰者の愛国心讃美か、地位や名誉にしがみつく者への揶揄か、モーパッサンのターゲットはいずれであろうか。「脂肪の塊」や右短編を見ると、保身ばかりを考える実は臆病者の有産者たちへの反発を言いたいために、社会的には弱者である売春婦らの忍耐や勇気を示したかに見える。

農民の反抗と滑稽もの

しかし、敵軍への反抗は娼婦たちだけのものではない。農民もまた農民なりの憎しみを敵軍に抱いている。短編「ミロンじいさん」（一八八三）の主人公は六八歳の老農夫。表向きは占領兵に恭順を示し親切でおとなしいが、夜ごとに敵の軍服を着て偽装したじいさんは、一人また一人とプロイセン兵をおびき寄せては殺していく。捕まった時、じいさんが言うには、かつて戦死した自分の父親とこの戦争で命を落とした息子の借りを返したまでで、殺した一六人の内の八人がおやじのため、あとの八人が息子のため、と言い放つと悔いもなく銃殺されていく。

これと対をなすのが、同じく短編の「母親」（一八八四）である。森かげの一軒家に住むばあさんのところにも、進駐のプロイセン兵が四人割り当てられた。ある日、志願兵で出征していた息子の戦死を知らせる手紙が来る。夜、ドイツ人たちが眠り込むと、ばあさんはわが家に火を放った。

ただちに銃殺刑に処せられるが、その前にプロイセンの士官に、四人の兵士を焼き殺したのは自分だとそれぞれの兵の親元へ書き送ってくれという。つまり、息子に死なれた母親の悲しみを、敵国の親たちにも味わわせてやる、という報復なのである。老女の弱い腕で、四人の若い兵士を亡き者にするというこの蛮勇、無意味な蛮勇とは知りながら、老母の怒りと悔しさがこうさせるのである。残酷な蛮行の背後に、くすぶっている全焼の家屋の下に、われわれは〝母の愛〟を見逃すべきではないのかもしれない。

ところで、戦争ものだからといって凄惨な話ばかりではない。森の番小屋が舞台の「捕虜」（一八八四）は、森番のしっかり者の娘の機転で、六人のプロイセン兵を生け捕りにする短編。うまくだまして地下の穴倉に閉じ込めた敵兵を水攻めにする結末は、コメディ映画でも見るようだ。「ヴァルター＝シュナッフスの冒険」（一八八三）も、やはり捕虜を題材にしているが、そのタッチはほとんどファルスといってよい。侵入軍の一兵卒であるヴァルター＝シュナッフスは気弱で戦争が嫌でたまらず、隊を抜け出ると城館の台所に入り込む。うまい食べ物をたらふくたいらげたところを、望み通り捕虜にされ、牢獄で浮かれて踊り出す。この太った臆病者のプロイセン兵もさることながら、たった一人の兵を大騒ぎして捕まえ、大仰に凱旋するフランスの国民軍はさらに滑稽である。他に「聖アントワーヌ」（一八八三）「王さまの日」（一八八六）なども滑稽ものといってよいだろう。

最後に戦争もので忘れてはならないのが「ふたりの友」（一八八三）である。これはパリの二人の釣り気違いが、我慢できなくなって包囲網を突破して釣りに行き、スパイと思われて銃殺されてしまうコントである。大通りでばったり出会った二人の釣り道楽が、一杯やりながらおしゃべりをするうちに、非常時であることを忘れ、本気で竿を持って出かけて行くまでの運びがスピーディで巧みだ。現実から現実離れをした状況へと話を移行させ、再び厳しい現実へと引き戻して終わる手法は、モーパッサンの得意とするところ。「ふたりの友」が傑作の一つとされているのは、そうしたテンポのよい運びに加えて、二人がカワハゼを釣り糸と針でつったその川に、自分たちが銃殺され綱と重しをつけて投げ込まれるといった対比が、見事な効果をあげているからである。

小役人の悲喜劇

役人短編の習作「パリ人の日曜日」　モーパッサンは、二〇代のほぼ一〇年間を、海軍省及び文部省のはなはだ怠惰な下級官吏として暮らす。ボートに熱中する一方、文学修行に力を注いだ時期で、やがて退職してペンだけで収入を得るようになるのだが、この官吏時代に見聞した題材から、いくつもの傑作短編が生まれている。

役人ものの最初の作品は、一八八〇年、「ゴーロワ」紙にシリーズとして掲載された「パリ人の日曜日」である。生真面目で変わり者のパチソオは、首席属官で五二歳の独身男。このパリ生まれの小役人の、日曜ごとの暮らしぶりを一〇の読み切りコントに仕立てている。

運動不足と診断され、ハイキングの装備を整える〈旅じたく〉、川蒸気でセーヌをくだりサン-クルーのあたりで迷子の人妻と夕食をとる〈初の遠出〉、書記のボワヴァン老人の郊外のあばら家を訪ねる〈友の家にて〉、釣天狗たちに混じって竿をかついでブゾンへ出かける〈つり〉、いとこに連れられポワシイの画家ロエソニエとメダンのゾラ宅を訪問する〈二名士〉、パリをあげてのお祭り騒ぎとその賛否の論議の〈祭りのまえ〉、サン-ジェルマンで会ったノルマンディー男が語る恋ゆえの失敗人生談〈陰気なはなし〉、蓮っ葉な女を誘ってボートレースを口実に郊外へ行きひどい目に遭う〈恋だめし〉、課長宅に同僚たちと招かれ変人ラードの議論に辟易する〈晩餐会に意見のかずかず〉、そして、女権擁護の演説会に行って気違いじみた話を聞かされる〈民衆大会〉。

　以上一〇話は、生前には、まとめて刊行されてはいない。善良だが愚鈍なパチソオのプチ-ブルジョアらしい日常を揶揄する試みは、失敗してはいないが、作品としての完成度は低い。第二話〈初の遠出〉は短編「思い出」（一八八四）に、第三話〈友の家にて〉は「モンジレじいさん」（一八八五）に、第七話〈陰気なはなし〉は「ふいうち」（一八八三）に、いずれも後日、回想譚の枠組みで改作され、個々に発表される。「パリ人の日曜日」は、これ以降に書かれる役人短編のいわば習作といってよい。下っぱ官吏たちの私生活のスケッチを、笑いを誘う筆捌《さば》きで描こうとしているが、まだきめが粗く、エピソードも断片的で、深い人間洞察にはいたらない。

　「散歩」（一八八四）という短編は、あたかも右の主人公パチソオの末路のような老役人が、都会の華やかさと空疎なわが人生を引き比べ、痛哭《つうこく》のあまり首を吊ってしまう話。これ以外の一八八一年から三年間に書かれる七つの役人ものは、いずれも貧乏官吏とその妻の、虚栄や遺産狙いの物語でおかしくも物悲しい。

人生残酷物語　後継ぎの生まれるのを条件に、遺産相続の約束をした役人夫婦が、子ができない

「首飾り」　ので妻に不義の子をはらませるという短編「百万フラン」（一八八二）。これは二年後に中編「遺産」（一八八四）に書き改められる。「宝石」（一八八三）は、宝石好きの妻が死に、金に窮した夫がそれを売ると、すべて高価な本物だったという話。内務省のこの下級官吏は、自分がコキュにされていたという憤りより、馬車で役所に乗りつけ、「課長、辞職を願い出ます。遺産三〇万フランを相続したので」と大見得を切る喜びの方に心を奪われている。

これとは反対に、本物だと思っていた宝石が、実は偽物だったという人生残酷物語が「首飾り」（一八八四）。文部省の平役人が大臣官邸の夜会の招待状を手に入れる。ところが、夫人には装身具の一つもないので、友人のフォレスティエ夫人からダイヤモンドの首飾りを借りる。夜会の帰途、これをなくしてしまい、三六〇〇〇フランでそっくりの品を買って返す。一〇年間、多額の借金返済のために夫は夜も内職、妻は雑役婦の窮乏暮らし。その支払いもようやく終わり、骨休めにシャンゼリゼ大通へ出かけると、ばったりフォレスティエ夫人に会う。フォレスティエ夫人は、友の変わりはてた姿にびっくりして事情を聞く。そしていう、「あれは実は五〇〇フランのまがいものでしたのに」。

見栄っ張りの夫人が分不相応に着飾ろうとした傲慢さを、運命の神が罰したというわけだ。それにしても金持ち夫人の最後の一言は、残酷すぎるかもしれない。うだつの上がらぬ下っぱ役人の人

生をユーモラスに描いている内は読者の共感を得よう。しかし、ここには俗物を過剰に嫌悪するあまりのサディズムさえ感じられる。平均して週に一編は新聞に短編を発表し続けていた脂の乗りきった時期の作だけに、一読して忘れがたい印象を残す秀作ではある。

「首飾り」の一週間前に、同じ「ゴーロワ」紙に載った「雨がさ」（一八八四）の陸軍省勤めのご亭主は、さらに細君に頭が上がらない。この細君のけちはすさまじく、ご亭主が新品の傘に役所で焼けこげを作られたので、保険会社に持ち込み支払いを請求する。読者は腹をかかえて笑いながらも、人間の本性の哀れさにひやりとする。常軌を逸したけちへの世間のしっぺ返しと読み取るより、めげずに保険会社へ立ち向かう女のしたたかさに目を向ける方が現代的解釈かもしれない。

もう一作、「馬に乗って」（一八八三）を取り上げよう。これは、男の方の虚栄を扱ったもの。海軍省勤務の貧乏一家が、特別手当をもらったので、馬車を借りてピクニックに出かける。主人だけ馬に乗っていいところを見せるが、馬が暴走して老婆をはねる。陰険な老婆は寝たきりのふりをして治療費をせしめ、一家は困窮する。笑うに笑えない話である。陰湿で強欲な老女の登場は、モーパッサンの短編に多い。モーパッサン文学に教訓はない。教え諭すなど、もっとも作家の嫌うところである。モーパッサンの筆法は、老人をないがしろにする者に一太刀あびせる一方で、返す刀で老人の悪しき根性を袈裟切りにする。

娼婦の館から

最高傑作「メゾン-テリエ」　初期作品は、ほとんど下層階級に材を取っている。中でも商売女を取り上げた作品は、一つのグループを成しているといってよい。それらは一八八〇年代前半に固まっていて、十数編にのぼる。

一九世紀フランスの売春婦は、二つのカテゴリーに分けられる。女将の経営する娼家に属する者と、公共の場で客を引く街娼とである。女主人の厳しい監督下で公認の娼家に縛られている女たちは、過酷な職務を強いられる反面、衣食住の心配はない。たいてい貧窮の末この道に入るわけだから、見かけは派手だが実は厳しい生活にも甘んじることが多い。当時の娼婦たちに肥満が多かったのも、動物のような飲食と惰眠に明け暮れていたからである。一方、同じ公娼でもフリーな女たちの生活は、文字通り千差万別である。たとえば、自分の部屋なり貸し部屋なりのある者、ない者。汚い服装で、労働者たちを相手にする者、こぎれいにして上流層を狙う者、誘うやり口もまた様々である。

さて、最初の娼婦小説「脂肪の塊」で大当たりを取った翌年、これを凌ぐ中編第二作に挑む。

「メゾン-テリエ」（一八八一）がそれで、娼婦ものでは最高の傑作といえる。

三章からなる「メゾン-テリエ」は、ノルマンディーの漁師町フェカンの売春宿〈メゾン-テリエ〉の細かな紹介で始まる。しっかりもののマダムとおかかえの五人の女、常連客である町の名士たち。情にも厚いが、商売もきっちりしている女将。大柄な金髪女フェルナンド、黒髪の痩せたユダヤ美人ラファエル、陽気で小太りのローザ。すれっからしのルイズ、そしてちょっと足の悪いフロラ。男の好むひと通りのタイプはそろっているわけだ。

第二章が、この小説の中心。マダムはこの一連隊を連れて一二歳になる姪の初聖体拝受のため、一泊旅行に出かける。指物職人の弟が住むヴィルヴィルの村までは、フェカンから八〇キロ。けばけばしい服装の女たち六人の、まずは列車と馬車の珍道中。そして、狭い職人の家での一夜。

翌朝は、どの家でも聖体を受ける子供のために、親類縁者が近在の村からやって来る。金襴の法衣にも負けない、派手に着飾った「遠方から」の指物師の一行が教会に入ると、村中の人々の眼を引く。老司祭の説教の最中、あばずれ娼婦のローザは、ふと自分の聖体拝受の時のことを思い出して泣き出してしまう。涙は伝染しやすいから、子供たちが聖体のパンを与えられている内に、教会中のあちこちで感動のすすり泣きが始まる。田舎の教会に期せずしてわき起こる嗚咽の嵐。司祭は、まさに神が天下ったと感きわまって、実はもっとも不道徳なこのご婦人連に、深い感謝を捧げる。

指物師の仕事場は、にわか作りの宴会場になって、祝いの御馳走が振る舞われる。引き止めるのを断って、マダムは今が潮時と引き上げていく。その夜から商売を再開する腹なのである。

三章は、再び売春宿〈メゾン・テリエ〉。一晩、留守をしたおかげで、前町長以下、常連客の熱狂ぶりはひとしお。女将もシャンパンを大盤振る舞いして、にぎやかな夜が更けていく。

売春婦たちを、あたかも聖女に仕立てて、司祭や教会を揶揄する反宗教思想がまずここに指摘できよう。また、都会地の御婦人連を尊敬する村人や、娼婦の家に出入りする町の名士たちも、モーパッサンの嘲笑の対象である。売春婦への鋭い観察と描写そのものが、浅薄に生きる女への痛烈なアイロニーといえる。ルーアンの娼館に通ったその見聞に裏打ちされているところでもある。

ところで、批評家テーヌは、モーパッサンが娼婦文学の世界だけに留まらぬよう、また、社会への批判が苛酷に過ぎぬよう助言し、バルザックを例に人間にはもっと寛大で同情的であるべきだ、とも指摘している。いずれ、モーパッサンはこうした忠告を入れて、人間に係わるすべてのこと、つまり様々な階層の人の営みへと、関心を広げていくところとなる。

しかし、「メゾン・テリエ」をはじめとするモーパッサンの娼婦ものには、皮肉や滑稽はあっても、憎悪や残虐さはない。娼婦をそのままに描くことは、むしろ混沌の時代をしたたかに生きる女たちをよしとする、共感の姿勢と受け取れる。川端康成は、旅芸人らに自分の心と通じるものを感じ、好んで踊り子や芸者を描いた。モーパッサンの場合も、単に遊蕩の結果、その道を知悉していたというだけでなく、世間の裏に生きる者たちから目をそらすことができない心理的な何かがあったに違いない。同情や共鳴といった表層的なものでなく、心に潜む孤独や寂廖《せきりょう》のようなものが、モーパッサンを引き寄せていたのではなかったろうか。

身を落とすまで

「流れながれて」(一八八三)は、客待ちをしていた夜の女が語る、身を落とすにいたるまでの顚末。女は、イヴトーで奉公していた一六歳の時、向かいの店の若衆と関係ができる。もめごとが元で、飛び出してルーアンへ向かう。途中、憲兵にも弄ばれて、ルーアンに着いたものの一銭もないので、客を引き、警察に捕まってもまた同じ商売を続ける。これは、転落のありふれた一例証だろう。ある統計でも、娼婦となった動機として、極貧もさることながら、親族や愛人に捨てられたり、奉公先を色恋沙汰などで追い出されたり逃げ出したりしたケースが相当数を占めている。

「衣装戸だな」(一八八四)でも、遊び場フォリー-ベルジェールで拾った女が、今日にいたる経緯を語る。料理屋の女中をしていたが、料理長に犯され、子を孕み、別の男にも捨てられ、パリへ流れて来たのである。女は溜め息まじりにいう、「人間て自分にできることしかできないものよ……」。ところが、女の部屋でいっしょに寝ていると、ひどい物音がする。女が商売をする間、衣装戸だなに隠れていた子供が、眠り込んで中に置いた椅子からころげ落ちたのである。

子連れの娼婦という設定では、「イヴリーヌ＝サモリス」(一八八二)がある。サモリス伯爵夫人は、家に男たちを集めて、高等娼婦まがいのあやしげな生活を送っている。生まれつき売春婦のような夫人とは、似ても似つかない無垢な娘がいる。ある日、母の正体を知って自殺して果てる。母親の方は、一週間後には、元の商売を始めている。

この短編は、二年後に「イヴェット」（一八八四）という題の中編に書き改められ、「フィガロ」紙に連載される。「イヴェット」では、サロンに集まる男女が互いをまやかしの貴族名で呼び合ったり、高等娼婦の実の娘で全くうぶなイヴェットを、男たちが遊び半分に口説いたりする、頽廃的な巣窟の様相が描かれる。しかしこの中編では、娘イヴェットは、淫らな母親に絶望してクロロフォルムを嗅ぐものの、娘を本当に思いやっていたセルヴィニという男の腕の中で息を吹き返す。いささかの救いが、そこにはある。

あやしげな家とは、つゆ知らずに足を踏み入れてしまう話には、「旧友パシアンス」（一八八三）や「いまわしきパン」（一八八三）がある。前者は、中学の同級生だった友に偶然出会い家に呼ばれるが、けばけばしい成金趣味の屋敷は、実は女房や義妹に稼がせている売春宿だったという落ち。「いまわしきパン」は、妹の結婚披露宴を姉が自分の家でと申し出るが、実は姉は商売女で、招待客のいく人かにはすぐそれと察せられてしまう。何も知らない新郎は、乞われるままに〈いまわしきパン〉という歌をうたい出す、「子供たち、この邪悪なパンには触れるなよ」。座は一瞬しらけるが、シャンパンが出ると陽気さを取り戻し、リフレーンを一同大声でうたうところで短編は終わる。

モーパッサンはここでも、春をひさぐ女を、一度は皆の冷たい視線の前に晒《さら》しながら、不謹慎を戒めるはずの歌の大合唱で、全員を一つの喜びの中に括ってしまう。汚れた女たちをなじる一般の人々だって、結局は迎合していく。そうした現実を突きつけることで、貴賤など誰も問うことはできない、とするモーパッサンの思念が明示されているといえよう。

笑いと涙

巧みな手口の私娼の話では、「墓場の女」（一八八一）と「男爵夫人」（一八八七）が秀逸である。モンマルトルの墓地で、悲嘆に暮れている喪服の美しい未亡人を助け、ひと月ほどいい仲が続く。ところが、しばらくしてまた墓地に行ってみると、同じ女が他の男の腕にすがって歩いていた。短編の終わりに、「街で客を引くのだから、墓地で客引きをしても悪いわけはない」とある。「男爵夫人」の方は、ルネサンス期の高価なキリスト像を奥の間に安置して、これを拝観に訪れる男たちから、女色を武器に金を巻き上げるコント。

変わったところでは、クリスマスの晩に拾った娼婦が妊娠していて産気づき、しばらくめんどうを見ることになる笑話「クリスマスの夜」（一八八二）や、インドで囲っていた幼い娼婦の哀話「シャーリ」（一八八四）が挙げられる。また、「たくらみ」（一八八二）や「サ＝イラ」（一八八五）のように、素人女が娼婦まがいの手練手管で、男から金を搾り取る話も、娼婦ものの一種といってよいだろう。

こうした一連の短編の中で、哀れを誘うのは、「隠者の話」（一八八六）と「港」（一八八九）である。「隠者の話」は、放蕩三昧の四〇男が、若い女給仕を引っかけてベッドをともにするが、それが自身の娘と分かる。財産を架空の友だちの名で娘に残すと、男は南フランスの山で隠者となる。

「港」は、いっそう悲痛である。ルーアーヴルを出て四年ぶりにマルセイユに戻った帆船から、デュクロは仲間たちと下船して、怪しげな軒灯の店に入る。相手の女と話しているうちに、それが生き別れとなっていた妹と分かる。妹は、三年半前に両親も兄も腸チフスで亡くし、落ちぶれてこんな泥水稼業に入った顚末を語る。デュクロの喉に、男の嗚咽がこみ上げてくる。

自身が夜ごと出入りし、知り尽くした夜の女の世界を、時にコミカルに、時にシニカルに描いてきたモーパッサンの最後の娼婦ものが、この「港」である。これを発表した一八八九年三月は、第四作目の長編『死のごとく強し』（一八八九）の連載中であり、すでに晩年の円熟期に達していた。一八八〇年代前半に、面白おかしく書かれた他の娼婦ものとは、おのずから趣を異にし、人生への諦観、人の持つ深い哀しみ、自分の力では何ともしがたい業《ごう》のようなものを描くところまで達していたといえよう。

怪奇と幻想

「剝製の手」

怪奇小説は、モーパッサンのもっとも得意とするジャンルの一つ。二〇代半ばから、脳に異常をきたす四〇代前後にいたるまで、このジャンルの中・短編を二〇ほど残している。また、何らかの形で狂気に触れた作は、五〇編を下らない。元来、怪奇的なものに惹かれるところがあった上、年を経るに従い、新聞の事件記事、精神病医の著作や談話、ひいては自身の薬物や神経症の体験を通して、幻覚や狂気への関心を一段と深めていく。

モーパッサンの場合、幻想的作品といっても、ありふれた日常を丹念に描き、そこに潜在する心的不安をえぐり出し、これを恐怖へと発展させていくやり方である。日常世界に忍び込む非合理こそが、もっともわれわれを震撼させることをよく知っていたのだ。幻想的な事象を描くにも、現実界同様リアルに描く。そこでは、自然主義作家としての特徴がいっそう際立っている。極端に特異なシチュエーションや、飾り立てた文体は用いない。多くの的確で効果的な形容詞を駆使することで、読者を日常の向こう側へと連れ去るのである。しかし、モーパッサンは、ただ技巧的に読者を怯えさせることを楽しんだわけではない。われわれの感性や理屈では得心のいかない不可思議な事象、非現実の世界を、どこまで合理的に説明しうるかに挑んだのである。

モーパッサンの処女発表作が、「剥製の手」（一八七五）であろうということはすでに述べた。干からびた手が、それを持っていた男を襲って首を絞め狂死させる話だ。〈剥製の手〉というこの素材は、エトルタにいた少年時代、英国詩人スウィンバーンの小屋で見た（ないしは、後のモーパッサンが買い取った）皮を剥がれた手に発していることにも触れておいた。

この「剥製の手」は八年後、短編作家としては最盛期に「手」（一八八三）という題で改作される。先行作はノルマンディーの出来事とされているが、「手」はコルシカのアジャキオが舞台。改作に先立つ一八八〇年、モーパッサンはコルシカ島に二ヵ月の滞在をしており、報復や虐殺で名高いこの島を、猟奇事件の起きた場所に設定し直したわけである。〈手〉の持ち主で、絞め殺されるのは英国人サー＝ジョン＝ローウェル、〈手〉はアメリカから持って来たことになっている。〈手〉が鎖に繋がれていることや、その英国人が狂ったようにそれを鞭で打っていたことなど、改作ではいっそう壮絶さを増すように意匠が凝らされる。扼殺《やくさつ》された死体の口には、かみ切った一本の指があった。そして翌日、食指が欠けた手が墓地で発見されるところで、短編は閉じられている。

モーパッサン　25歳

事件を扱った予審判事が物語る、という枠組み小説としての構造も

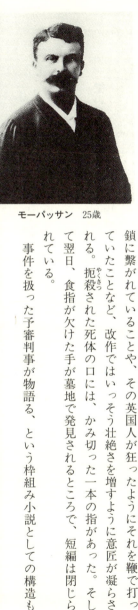

しっかりしていて、前作と比較すると、モーパッサンという作家の成長ぶりがうかがえる。また、怪奇小説の真髄である、恐怖の盛り上げ方という点でも、習熟して来たことが分かる。

髪の毛をテーマに

不気味な小道具を用いたものとしてはほかに、「髪の毛」（一八八四）がある。古物商の店で一七世紀イタリアの家具を買った男が、板の隙間に隠されていたすばらしい女の髪の束を見つける。その美しさに見とれていると、髪の毛は魔物のように男につきまとうようになる。ベッドの中で金髪を抱いていると、死んだ女そのものを愛撫している錯覚に陥っていき、男は発狂してしまう。「手」が、憎悪と復讐によって展開されるのに対し、「髪の毛」は、偏愛とフェティシズムによって狂気の結末へと導かれる。ジョルジュ＝ローデンバックが『死都ブリュージュ』（一八九二）の中で、髪を聖遺物として扱うのに対して、髪を女体そのもののように官能的な対象としているところにモーパッサンらしさがある。

同じく髪をテーマにしたものに、日本の怪談を思わせる「幽霊」（一八八三）がある。熱愛していた妻を亡くし失意のどん底にいる友から、ある軍人が用事を頼まれる。以前、亡妻と暮らしていた屋敷へ、大切な手紙を取りに行ってほしいというのである。ルーアンから馬で一時間、軍人は暗い部屋に入る。手紙を探していると、後ろに人の気配を感じる。白衣の大柄な女が立っていて、べっこうの櫛を差し出す。そして、苦しみを鎮めるために床に届くほどの黒髪を梳いてくれと頼むのである。超自然の抗いがたい痛苦に、軍人は馬で逃げ帰る。髪を梳いてやったことは感覚の錯誤として片づけてしまおうとする。しかし、騎兵服のボタンには女の長い髪の毛が絡みついている。非合理な体験を全て錯覚として片づけようとしても、そこに現実と幻とを結びつける証拠が見いだされるや、主人公も読者も愕然となる。こうした落ちで思い出されるのは、プロスペル＝メリメの「シャルル一一世の幻想」（一八二九）であろう。五世代の後の裁判と斬首の予言的幻影を見たシャルル一一世は、スリッパに残っていた血しぶきの跡から、それが夢まぼろしではすまされないことを悟る。いずれも結尾の棘のような一行は、鳴り物入りのお化けの登場などより、よほど鋭利な恐ろしさとして胸に突き刺さって来る。

「山の宿」 モーパッサンには、「恐怖」というタイトルの短編が二つある。一つは、アフリカの砂漠で聞く砂の幻聴と、フランスの密林での密漁者の亡霊の話（一八八二）。もう一つは、森の中の川でツルゲーネフが出会ったゴリラのような女と、ブルターニュでひとりでに走って来た手押し車の話（一八八四）。いずれも、自然や人間が無意識に仕組んだものが、人を怖がらせるわけだが、後の方の短編の中にある、人は正体を自分が理解できないと怖がるものだという言葉が、まさに真実を衝いているといってよい。

また、一九世紀に半ば信じられていた霊力や磁気力の不思議を扱ったものに「マニェティスム」

（一八八二）と「狂人」（一八八四）がある。これも心理的恐怖の一つではあるが、しかし、こうした道具立てや設定による恐怖は、お化け屋敷のようなもので、たいてい種明かしもあるし、何とか合理的解釈が当てはまることも多い。ホフマンやポーとモーパッサンが異なるのは、超自然的事件をも、説明不可能として回避したり、ロマンティックな神秘性で逃げてしまわない点であろう。

モーパッサンの恐怖小説でもっとも鬼気迫るものは、人間の心の内におのずと生まれる想像力による恐怖を描くものである。これも、正体不明のものという点では同じだが、心の奥底から生まれ出る恐怖というものはとらえようがなく、したがってそれを打ち消しようがない。そこで、自身の神経の方が破壊され悲惨な結末となる。こうした恐怖を起こさせる要因は、孤独と妄想である。

一人暮らしの男が、あまりの孤独に、自分の部屋に誰かいるような気がして不安でたまらなくなるという短編に「あいつか？」（一八八三）がある。ある日、外出から戻ると、自分の椅子に男が腰を下ろしている。声をかけようとすると、姿が消えている。これは、一種の自体幻視、自分の分身を見るという型の恐怖譚だが、結末の、ひとりっぽっちでなくなるために結婚の決意をするというあたりに、いささか滑稽味がある。

これに対し、「山の宿」（一八八六）は、雪山に展開される壮絶な救いのない孤独地獄だ。オートーザルプ地方の二〇〇〇メートル級の山に、年の半分だけ開く旅館がある。冬に向かって、留守番の老人と若者を残して、今年も宿の主人一家は山を降りる。あたりは白一色、氷点下一八度という雪山に籠る二人の生活が始まる。ところがある朝、ガスパアル老人は、鉄砲をかついで獲物をとりに出たまま戻らない。若いウルリッヒは捜索に向かい、極寒の中、一睡もせずに五〇キロも歩くが、足跡一つ見つからない。倒れ込むように宿に帰り着くと、睡魔が襲い、「ウルリッヒ」と呼ぶ声を夢に聞く。夜の中に飛び出してみる。風の音だったのだろうか。山は静まりかえっている。突然、恐怖に襲われ戸を閉めると閂をおろす。何処かへ逃げ出したい、村へ帰ってしまいたい、そう思いつつも戸を開ける勇気がない。夜中になると、「ウルリッヒ」という叫びが頭にこだまする。若者は、狂おしい恐怖に、三週間、ありったけの酒を飲み続け、重い眠りに落ちる。

冬が終わった。主人一家が、びくともしない戸をぶち破って入ってみると、髪が真っ白になり、気のふれたウルリッヒが立っている。

ウルリッヒを脅かしたのは、猛獣でも化けものでもない。氷雪の中に一人孤立した寂しさである。恐怖が恐怖を呼び、想像力がみずから恐ろしさをつのらせ、神経を参らせたのである。作者は、孤絶という極限状態における心理と行動を、得意の冷静な筆で、忌憚なく描いて見せている。

「オルラ」　見えないものによる強迫観念の記録としては、魂に住み着いた神秘的妄想を描く秀作「オルラ」がある。同じ題名の作品が二作ある。精神病者の告白形式をとった短編（一八八六）と、狂人日記の形式をとった中編（一八八七）とである。日記体の方は、五月八日から九月一〇日までの記録で、書き手が〈オルラ〉と呼ぶ、不可視の存在を徐々に信じ込み正常な意識が崩壊していく過程に、真に迫るものがある。オルラとは、水と牛乳を飲む見えない妖怪につけられた名で、人間界の外の存在という意味、ないしはノルマンディー方言の「余所者」から来た造語と思われる。主人公は、庭のバラが見えない手に折り取られるのを見て跳びかかる。何もいない。幻覚だろうか。

何とかしてそのものをおびき寄せ、正体をあばこうとする。ある夜、鏡の前に立つと、自分の姿が映らない。オルラが反映する像を吸い取ってしまったに違いない。そいつを殺してしまおうと、錠前屋を呼んで戸と窓を厳重に閉ざし、わが家に火を放つ。それでも完全に抹殺しえたかどうか、不安は消えない。

オルラの妄想には、精神異常者の抱く世界崩壊感、ないしは時代の持っていた世紀末的終末観が感じられる。他の惑星に生物が生息しているとか、異星人が地球にやって来るとか、そうした推測が世に取り沙汰された時代である。短編「火星人」（一八八九）では、今日でいう〈UFO〉を、モーパッサンはいち早く登場させている。

さて、モノローグの形で示されていくもう一つの「オルラ」における、病理学的素材とも呼ぶべき幻覚症状は、作家の体験に基づくものと見て差しつかえあるまい。一八八〇年代の前半、モーパッサンは激しい頭痛の鎮静剤として、エーテルやモルヒネを使用していたし、死肉を食らうなどの奇矯な行動の内に、すでに狂気の前兆も見られたからだ。しかし、モーパッサンの場合、ただ幻覚を自動記述的に書き取ったのではなく、こうした超自然現象を描くのにも、ガラスのフラスコを扱うように細心の注意を払い、かつ冷静に客観をもってしているのである。

もう一編、狂人の告白形式で書かれた興味深い短編「たれぞ知る?」(一八九〇)をつけ加えておこう。家具がぞろぞろと自分の足で出て行き、しばらくして骨董屋でそれらを見つけ警察を呼ぶと、その間にすっかり家具は家に戻っている。事件後、この主人公は、みずから精神病院に入る。

怪奇小説としては最後に書かれた作品で、合理的解釈を常に念頭に置いていた、それまでの怪奇ものと違い、非合理で説明のつかぬままに話は終わる。読者を突き離す形の、新しいタイプの怪奇譚であったのだろうか。結末の、志願して精神病院に入る主人公の気持ちは、むしろもっともモーパッサンの心境に近いもので、すでに幻覚的現象に対して、条理を求める境は越えてしまっていたのかもしれない。

死のテーマと水のテーマ

さて、怪奇短編といえばエドガー=アラン=ポーの名を挙げないわけにはいかないし、モーパッサンへのポーの影響も云々されて来た。しかし、二人の作家を結びつける、はっきりした証拠はまだ得られていない。愛する女の埋葬された墓をあばいて接吻する短編「墓」(一八八三)や、死んだと思って埋められた令嬢が墓荒らしのおかげで蘇生する「けいれん」（一八八四）には、ポーの「早すぎた埋葬」（一八四四）ほかを想起させる要素がたしかにある。

だが、本当に興味深いのは、他の作家にはないモーパッサン固有の主題は何かということだろう。モーパッサンの場合、死のテーマを縦糸とするなら、横糸に水のテーマが組み合わさっていることが多い。この作家と水は切っても切り離せない。ノルマンディーの海辺に近い土地で生まれ育ち、パリに出てからはセーヌ川でボート漕ぎと水泳に明け暮れ、作家として成功を得ると大型ヨットを買って地中海周航を楽しんだ。作家は生涯、水を愛し水を怖れた。

小品「水の上」

水の誘惑と水の恐怖というテーマの、好個の例としていつも取り上げられるのは「水の上」（一八八一）という小品である。短いながら、セーヌ川上の小舟からの描写のすばらしさと、かすかな不安が大きな恐怖へと増大していく心の動きは見事だ。話を五つのパートに分けると、はじめの部分では、セーヌ河畔で会ったボート乗りの男が紹介される。男の言葉にたくして、海と川が比較される。海は荒れ狂い大声で吠えることもあるが、大洋はともかく泰然自若としている。川は日に輝けば美しいが、夜は果てしない底無しの国だ。陰気なつぶやきをもらし、薄気味悪い墓地でも横切って行くような気分にさせる。

第二段からは、男の語る怪奇談。一人でボートを漕いで帰る途中、月の良い晩なので一服しようと錨を下ろす。しんとしてあたりは音もない。もう一服つけようとして、気がそがれる。ボートが妙な具合に揺れて、水底に引きずられる感じに、不安が兆す。

第三段。帰ろうと錨を上げにかかる。引っかかったらしくびくともしない。何度も試みるが、諦めてラム酒をあおる。やがて純白の濃い霧が川面をおおい尽くす。水もボートも見えなくなり、得体の知れないものがボートに乗り込んでくる妄想にとらえられる。思わず泳いで帰ろうかと考えるが、そんな危険は思いとどまる。

第四段では、臆病かぜと冷静さの相剋の内に、恐怖感はいよいよふくれ上がる。ところがやがて、この世のものとは思われない驚嘆すべき光景に包まれる。霧は川から後退して岸辺に雪の連山を形作り、頭上の月は燦然と輝き、光をあびた川はきらめき流れている。夢幻的な光景に恍惚となって、いつしかうとうとと眠り込む。

第五段はエピローグである。漁師の舟が通りかかり、力を合わせて鎖はやっと動き始める。ひどく重い塊を引きずっている。それは老婆の死体で、首には大きな石がくくりつけてあった。

五つのパートの最初は枠組みをなす導入部で、物語そのものの四つの部分はいわゆる起承転結の構成を踏んでいる。休息のための投錨から事件は起き、これを承《う》けて河上に不安な夜が展開。ついで趣きを転じ大自然のファンタスティックな光景に恐れを忘れる。結びは、鎖の先から老女の他殺体が上がってきたという、恐怖にとどめを刺す落ちである。

導入部の、「川は墓碑のない墓場」という表現は比喩にとどまらず、川底の死体をすでに暗示している。第三段で泳いで逃げる誘惑に駆られるところも、溺死の仄めかしである。漸次高まっていく息詰まる恐怖、そして残虐な結びの一行。にもかかわらず、ここには戦慄の悦楽がある。怪奇性を通して、精神の浄化を体験する。これはひとえに、転句にあたる第四段の、舟を包む川と霧と月が織りなす幻想的情景の美しさにある。皎々《こうこう》と照る満月は、石をくくられた老女の凄惨な頭部の残像を払拭してなお余りある。

それにしても、モーパッサンはいくつ溺死体を浮かべて見せたことか。「旅にて」(一八八二)「水死人の手紙」(一八八三)「あな」(一八八六)「溺死人」(一八八九)など、なお数編あるが、怪奇作品の締めくくりに「マドモアゼル＝ココット」(一八八三)を取り上げておこう。

タイトルの〈マドモアゼル〉は、人間ではなくて犬である。金持ちの家の馬丁が、雌犬を拾ってきて飼う。ところがこの犬が、〈ココット(売春婦)〉よろしく雄犬を見さかいなく引っ張り込む。主人はたまりかねて、馬丁に雌犬をセーヌ川に捨てさせる。ひと月ばかり経って、川下で主人と馬丁が泳いでいると、「ふくれあがった、赤裸になった動物の死体」が流れて来る。それが、〈マドモアゼル＝ココット〉と分かると、馬丁は発狂してしまう。

この凄惨さは、モーパッサンに動物残酷もの多しといえども、群を抜いている。しかも、水の恐怖、溺死、そして狂気、というこの作家特有のテーマが、数ページの内に凝縮されている。怪奇ものというより、残虐ものという項目を立ててその筆頭に論ずるべきかもしれない。

さて、本章で語りきれなかった大切な主題が一つある。それは、夫婦、愛人関係を含めた、男女の恋愛ものである。これに関しては、中・短編の範疇で考えるより、中期から晩年にかけての、長編小説によってよりその考察は深められるから、次章にこれを詳しく論じよう。

III

長編小説の構築

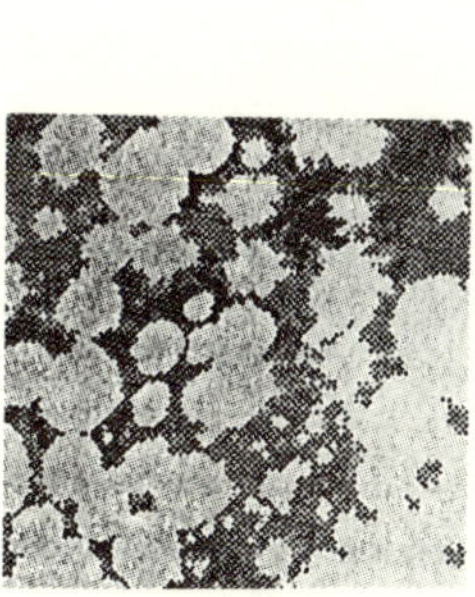

冷徹さと憐れみと――『女の一生』

名作の誕生

三〇歳にして中・短編作家として地位を確立したモーパッサンは、順風に乗って長編作にも手をそめる。以後、中・短編や種々の記事と並行して、晩年までに六作の長編を世に問う。一八九一年には、体調の悪化のせいもあって、これからは長編しか書きたくないともらしている。そして、翌一八九二年、未完の長編二作を残してモーパッサンは世を去る。

さて、最初の長編小説『女の一生』（一八八三）は、「ジル-ブラス」紙に、一八八三年二月二七日より四月六日にかけて掲載され、アヴァール社から四月はじめに刊行された。連載に先立ち、「ジル-ブラス」紙は、すでに中・短編集『令嬢フィフィ』（一八八二）で名を知られた〝新進作家の長編第一作〟として掲載予告を載せている。ただし、地方貴族の習俗を活写し一人の女の心の目覚めから死にいたるまでを描く、という内容紹介は実のところ正確ではない。ノルマンディーの田舎貴族の家に生まれた少女ジャンヌが、娘として、妻として、母として、生涯に味わう喜び、苦しみ、悲しみの諸相が物語られてはいるものの、結末はジャンヌの死ではなく、孫に生き甲斐を見いだすという、女性としてのかすかなる光明で閉じられているからだ。

発表当初から、非常な好評を得てベストセラーとなり、国外での翻訳も次々と出て、一挙に世界的作家の地位をこの一作で獲得する。トルストイの激賞は、すでによく知られるところである。日本では、広津和郎の英語からの重訳（大正二年一〇月、植竹書院）以来、邦題は「女の一生」と定着するが、その後も、あまたの翻訳者によって繰り返し訳され、これほど広く日本人の間で読まれ続けている外国文学も珍しい。

原題は *Une Vie* で、「女の」という語はなく、「一つの生涯」とか「ある人生」といった意味のものである。主人公ジャンヌが送る日常や、遭遇する出来事は、女性であれば多かれ少なかれ体験することであり、ジャンヌという個を描きながら、あらゆる女の境涯がそこに再現されている。また、ジャンヌの経験する喜怒哀楽は、形は違ってもすべての人間が通過するものともいえる。つまり、人はこの小説の中で、おのれ自身と出会い、人生のありのままを知るのである。

ところで小説のタイトルには、「ささやかなる真実」という添え書きがある。謙虚な詞書とも取れるが、ありのままの卑近な日常の現実とは、こんなものなのだ、という写実主義文学の主張もうかがえる。これまでのモーパッサンは、シニカルでサディスティックな腕のよい短編作家であったわけだが、本作により、蔑み嘲笑すべき現実から憐れみ同情すべき現実へとその

モーパッサン　30歳

視角を広げ、真実を描く芸術家へとより大きく成長した姿を見せるからだ。

しかし、モーパッサンの長編の中で、小説としてしっかりした骨子を持つのは次作『ベラミ』（一八八五）であり、心理解剖の深さでは『ピエールとジャン』（一八八八）が最も優れていよう。『女の一生』を一読して誰しもが感じるのは、短編のつなぎ合わせという印象である。短編作家として出発したモーパッサンは、いずれの長編小説の場合も、エピソードのいくつかを短編の形でまず発表し、後でそれを巧みに再利用するやり方をとっている。『女の一生』では、そのパターンが顕著である点と、各挿話の接合が不器用で、十分な融合が成されていないうらみがある。物語の筋に一貫性が欠け、長編小説としての構造が脆弱であるといった批判も、そのあたりから来る。

それでも、モーパッサンとしては、はじめはエピソードも冗長で人物の数も多かったものを、筋の展開を単純化する方向で、四年の歳月をかけて推敲を加えている。何よりも舞台としたノルマンディー地方は、生まれ育った土地であるから、自然風土はもとより、土着の貴族から漁民、農民にいたるまで、その描写のいきいきしているのも当然といえよう。とりわけ、主人公ジャンヌと夫ジュリアンが暮らすプープル邸は、モーパッサンが幼いころ過ごしたグランヴィル-イモーヴィルの屋敷がモデルであり、モーパッサンの父が女中と間違いを起こしたのもまさにそこである。主人公ジャンヌの半生には、モーパッサンの母ロールのそれを思わせるものがある。そうしてみると、夢想的なジャンヌには母を、不義をはたらくジュリアンには父を、ジャンヌの両親の男爵夫妻には祖父母を、擬しているように思える。これは、徒らなモデルの詮索ではなく、モーパッサンが、長編の第一作において、まず自分の数代にわたる一族の系譜を、小説の形でまとめておきたい意図があったのではなかったか、ということなのである。熟知した素材を描くほど説得力の大きいものはなく、真実に迫れるものはないのである。

「世の中は思うほど良くも悪くもない」

一四章から成るが、五章までは希望と喜びを、六章からは幻滅と悲しみを描いている。ジャンヌの少女時代は、たとえれば春の暖かさだが、読み進むにつれて読者は秋冬の寒さを感じ始める。

主人公ジャンヌは、シモン＝ジャック＝ル＝ペルチュイ＝デ＝ヴォー男爵とアデライド夫人の一人娘。ノルマンディー貴族の家に生まれ、一二を過ぎると修道院に預けられ、五年の寄宿生活を終わり、昨日帰って来たところである。時は一八一九年五月。英仏海峡に面したイポールにほど近いプープル邸へ、一家は夏を過ごしに、ジャンヌの乳姉妹で女中のロザリも連れて出かける。先祖伝来のその屋敷は、いずれはジャンヌのものとなる家だ。広々した屋敷、ポプラ並木、農園、そして海辺。親ゆずりの善良さと素直さを持つ一七歳の少女が、ロマンティックな夢想にふけるには恰好の場所。少女の胸には、恋への漠とした憧れも目覚め始めている。

自由でのびのびとしたノルマンディー暮らしの中に、司祭の紹介で、若い子爵が突然やって来る。

ジュリアンという美しい容貌の青年である。男爵家を頻繁に訪れるようになり、エトルタの白い断崖見物や森への散歩にも同行するうち、無邪気なジャンヌは心ひかれるようになる。ある日、子爵はジャンヌの手を握って求婚する。

六週間の婚約期間の後、八月一五日、二人は結婚する。自分は結婚したのだ、これが待ちもうけていたものだ、そうジャンヌは心に思うのだが、初夜に夫がしようとすることの意味が分からず、恐怖と失望だけを味わう。四日後、地中海のコルシカ島へ、蜜月の旅に。しかし、旅先で知ったのは、夫ジュリアンの金銭と情欲にしか興味のない、獣のような性格であった。人間は、互いの心の中まで分かり合うということはなく、人は生涯、孤独なことに、ジャンヌは気づく。

とはいえ、島の奥地の山に登り、自然の美しさの中で、二人して泉の水に口をつけた時、ジャンヌははじめて愛の霊感にうたれる。泉の水を奪い合って口づけを交わす内に、ジャンヌはみずから抱かれたいと感じ、求めていた感覚に身をおおわれるのである。

二ヵ月の旅を終えて戻ると、新婚の甘い日々も、日常の現実へと取って代わられる。青春の夢は無残に崩れさり、ノルマンディーの秋の長雨の下、すべてがもの悲しく眼に映る。夫は、ただの田舎紳士になりさがり、新妻は、家政を引き締め財産の管理に躍起となる。年が明けて、両親がルーアンへ帰ろうとする時、ジャンヌは父にもらす、「人生っていつも楽しいとは限らないのね」。

夫の吝嗇《りんしょく》に胸を痛め、ジャンヌは孤独感を深めていくが、さらに辛いことが起きる。夫が女中ロザリと関係を持ったのだ。ジャンヌは断崖から身を投げようとするが、脳裏を両親の絶望の苦しみがよぎり、ぐったりと雪の中に倒れる。

妊娠したジャンヌは、息子ポールを産むと盲目的な母親に変じ、子供にのみ尽きせぬ幸せを味わう。だが、人生の悲劇は歩みをゆるめない。プープル邸に滞在中に、母アデライド夫人が息を引き取る。通夜の晩、母の残した古手紙から、かつて母親が他の男性と通じていたことを知り、ジャンヌは一夜泣き明かす。

一方、ジュリアンは近在のフールヴィル伯爵夫人と密通し、夫の伯爵に崖下へ突き落とされて死ぬ。未亡人となったジャンヌの心のよりどころは、息子ポール一人となるが、溺愛のあまりポールは不良への道をたどる。情婦を作り、賭博で借金を重ね、一八歳にしてロンドンへ出奔してしまう。転々とするポールからの便りは、いつも金の催促であり、ジャンヌは次々と土地や屋敷を手放していく（愛するあまり息子を突き放すことのできないジャンヌの脆《もろ》さは、母親ゆえの弱さでもあるが、甘やかされて育てられたジャンヌ自身の人間的弱さにも起因している）。

父親の男爵が他界すると、最後の支えを失ったジャンヌは錯乱状態になるが、かつての女中ロザリがジャンヌを助け、再び献身的に仕えてくれる。ポールの情婦が、パリで子供を産んで死ぬと、赤ん坊を引き取って育ててやることにする。ロザリが連れ帰った孫の嬰児を膝に抱き取った時、ジャンヌは、そのぬくもりに感動でひたされる。小説を締めくくるロザリの言葉は、あまりにも有名である、「世の中は、思うほど良くも悪くもないものです」。

多くの短編に依拠しつつ　『女の一生』の発表よりやや後になるが、「ジル-ブラス」紙に掲載された短編に「ささやかな悲劇」（一八八三）という小品がある。旅先で会った婦人から、溺愛していた息子が離れていった嘆きを聞かされる話で、息子が結婚してイギリスに渡ってしまう点でもジャンヌの状況と共通するものがある。こうした、『女の一生』と短編との密接な関連は、数多く挙げることができる。

第四章の、ジャンヌと婚約者ジュリアンの睦まじさを見て、独身の老嬢リゾン叔母がすすり泣く場面設定は、すでに「春の夜に」（一八八一）に見られる。コルシカ島を舞台の第五章は、作者自身の一八八〇年八月から一〇月にかけての旅行の見聞が生かされている。季節も期間も、まさにそのままである。そして、短編「新婚旅行」（一八八二）には、結婚の甘い夢はハネムーンの間しか続かないことも、コルシカ島のこともすでに素描されている。第九章でジャンヌの母が逝去し、その夜、母の残した手紙の束から過去の不義を知るエピソードは、「お通夜」（一八八二）という短編でまず書かれ、後にやや形を変えて長編『死のごとく強し』（一八八九）にも現れる。また、母親の不貞を知って子が煩悶するテーマは、長編『ピエールとジャン』（一八八八）の中心主題として発展していく。

その他、懐かしい調度類に過去を偲ぶ「古家具」(一八八二)、女中が私生児を産む「いなか娘のはなし」(一八八一)や「ほんとうにあった話」(一八八五)、残酷で強欲な夫の出てくる「初雪」(一八八三)や「持参金」(一八八四)、密通した相手の夫に殺される「牧童地獄」(一八八二)など、同素材の利用には枚挙にいとまがない。これは『女の一生』に限ったことではなく、多くの作品がその題材を共有し合ってモーパッサン文学の総体が形作られているといってよい。

『女の一生』が、そうした中でも、とりわけ多くの短編に依拠し、かつそれらの綴り合わせの不自然さに批判の声があることは確かだ。しかし、第二王政復古から第二共和政へと政治変革の起伏に富む時期に時代を設定している点は注目してよい。フランス革命以降、ゆっくりとではあるが貴族階級が徐々に崩壊し、時代は近代産業や鉄道の発展によって大きく変容しつつあったそうした背景を踏まえ、男爵夫妻、ジャンヌ、息子ポール、さらにその子供、と数代にわたる一族の命運を描いたことは、十分に長編小説としての条件を満たす作品といえよう。

女性の生き方

そして何よりも、あまたの読者の魂に訴える確かな手応えは否定しがたいのである。感動の源泉は、ジャンヌの体験や成長が、あらゆる人の人生に何らかの形でオーバーラップするからだ。これが、まさに人生そのものであり、読者はジャンヌと同じ感情、同じ思いをそこに追体験するからだ。自分の生涯とダブって、苦しくて何度も読むのを休まなければならないほどに。

小説の終わりで、ジャンヌが孫を抱き、雨のように接吻をあびせかけ、悲しみの後に、ふと幸せが兆しそうに見える。だが、人生とはかくも裏切りの連続であることを思い知らされた読者には、この喜びも束の間のものに過ぎないと思えてしまう。いく度裏切られても、人はまた信じるものを見いだせるものだろうか、また、どんなことをしても見いだすべきなのだろうか。

一方、ジャンヌの生き方そのものへの批判も当然ある。少女としての無知、妻としての未熟さ、母としての盲目性。人は、純粋な心だけでは生き抜けない。寂しくともそれこそが現実である。現代の読者にとって、それはいっそう他人事ではないのだ。ただ純真無垢であるだけの受け身の生き方では、幸せは勝ち取れない。そして、今日の自覚ある女性なら、絶望をも賢く乗り越えていけるのではないか。

ジャンヌと対照的な女性として、女中ロザリと叔母リゾンがいる。目立たぬ脇役ではあるが、見逃すことはできない。ロザリはたくましくみずから人生を切り開いて、ジャンヌの支えとまでなってくれる自立性のある女性だ。他方、叔母のリゾンは、生涯、恋も結婚も、いかなる夢も味わうことなく、独身のまま影のように消えていく。リゾンをジャンヌに対峙させてみれば、恋、結婚、出産、と女性の通過すべきひと通りの道を歩んで、なお、ジャンヌという女の人生劇が、本当に悲惨だけのものであったか否かが見えてこよう。これら対照的な人物のおかげで、ジャンヌの人生が幸か不幸かという問いかけは、いっそう生きてくる。ジャンヌはあまりに理想を追い求めすぎ、純粋すぎたのではなかったか。何不自由なく育ち、人を見抜く力も身につけず、甘い夢を見すぎたのではなかったか。幸せ過ぎたから、自分の境遇だけが不幸に思えるのではなかろうか。

夫ジュリアンの強欲、好色、無軌道もさることながら、ジャンヌの世間知らず、悲しむばかりでみずから切り開いていこうとしない無力さ。善人であるからといって、すべてが許されるとは限るまい。そしてまた、物事を満たされたものとして考えるか、不足と考えるかという問題もある。このような点においては、およそ現代では通用しない、主体性に欠けたジャンヌという女性の愚かささえ指摘されよう。それでも、それほどに苦しい人生でも、死を選ぶことなく生きたことが、ジャンヌの幸福とはいえようが。

さらにこれをはっきりさせるのが、フローベールの『ボヴァリー夫人』（一八五七）との比較である。ジャンヌが、消極的、受動的であるのに対して、ボヴァリー夫人は、積極的、能動的である。みずからを自滅に導くほどの自我がある点では、大胆で個性的といえるかもしれない。それに対して、ジャンヌはむしろ平凡で、典型的な、一九世紀における女性のモデルなのであろう。

人間は常に何かの生き甲斐によって生かされている。とりわけ女性ならば、それは夫であり、子供であり、孫であって、自分一人のためにのみ生きはしない。だが、そうした日常のなかで、様々の過ちをおかし、悲しみに遭遇し、年を取り、みずからの生き方を学んでいく。そんな有為転変を続ける人の生涯に対して、何年たっても変わることのないものに、自然の大きさ麗しさがある。

非情ともいえる観察力で、女の悲惨な生涯を徹底して現実主義的に描いた『女の一生』。その冷徹さの中にもしみじみとした哀感が漂っている。それは、生きる悲しみとは対照的に、自然や風景の写生が作中のそこここに書き込まれているからだ。手に取るように鮮やかに繰り広げられるノルマンディーの細かい情景描写に、詩情と、味わい深い美しさを見ることは、辛い現実への救いとなっている。

また、モーパッサンの作品中でも珍しいタイプとされる、このジャンヌという女性像への、作者の温かい眼差しも、われわれを知らずに安寧で包むのかもしれない。

内的矛盾の発見――『ベラミ』

長編小説第二作の『ベラミ』（一八八五）は、一八八四年初冬にほぼ書き上げられるが、推敲は年を越したらしく、翌年四月六日から五月三〇日にかけて、「ジル・ブラス」紙にプレ・オリジナルが発表される。そして同五月はじめ、早々にアヴァール社より刊行を見る。

非難と反駁

タイトルの *Bel Ami* は、字義通りには「美形の友」の意だが、美丈夫、粋人といった意味合いを含んでいる。主人公ジョルジュ＝デュロワが次々と陥落させていく女性の一人、ド＝マレル夫人の幼い娘ローリーヌが、「すてきなお兄ちゃま」といったニュアンスをこめて「ベラミ」と呼んだのに由来する。これをきっかけに、このセックス・アピールに富む美青年を取り巻きの女たちは愛着をこめてこう呼ぶようになる。したがって題名からしてすでに、性的魅力を武器に、無一文から高い地位へと出世していく色男の活躍が匂わされている。上流の夫人たちを踏み台にのし上がっていく山師こそ、「ベラミ」ことジョルジュ＝デュロワというわけである。作者もいうように、デュロワが自分の未来を女たちに賭けているのは、タイトルによって示されているのである。

エトルタの白亜の崖
ここに近い別荘で『ベラミ』を執筆した。フランス政府観光局提供

長編を待望していた読者、とりわけ女性読者を大いに楽しませるつもりで、モーパッサンはこれを書く。思惑通りの仕上がりに、してやったりと思っていたところが、当初は売れ行きがかんばしくなかった。主人公のあまりの道徳観の欠如と、舞台とされた新聞界や大ブルジョア階級の腐敗を過剰に誇張して描いたことなどで、手厳しい非難を浴びる。不健全きわまりない小説、人に絶望を与える書、といったかまびすしい批判に、モーパッサンは「一八八五年六月一日、ローマ発」編集者宛の手紙の形で、「『ベラミ』の批判に答う」と題する記事を「ジル・ブラス」紙に載せる。その中で、「あたかも泥棒が梯子を使うように、デュロワはジャーナリズムを利用した。真っ当といわれる人たちだって、同じ梯子を利用してはいないだろうか」と述べる。また、「人が、いかがわしい世間を描くように、僕は、いかがわしいジャーナリズム界を書いたまでだ。でそれは、禁じられていたというわけか」と、きつい調子で反駁している。それでも『ベラミ』は、この年の夏には二十数版を、秋には三十数版をかぞえる。

『ベラミ』は、二部から成り、第一部（八章）は主人公デュロワを引き立ててくれた友人フォレスティエの死まで、第二部（一〇章）はそのフォレスティエの後釜に納まった挙げ句、社長婿に出世するまでを描いている。長編作の中でもっとも長く、前作『女の一生』同様、「遺贈」（一八八四）をはじめとするいくつかの短編が取り込まれているが、前作に比べ、長編小説としての組み立てが巧みでしっかりしており、継ぎはぎの印象は全くない。通俗性が強い分だけ、写実のペンも冴えている作品といえる。

パリのサクセス・ストーリー　ノルマンディーの田舎出で、生まれも賤しく、学歴もないジョルジュ＝デュロワは、パリで鉄道会社に雇われていたが、その日の食事にも窮していた。以前、アルジェリアで軽騎兵の士官を務めていた時の軍隊仲間シャルル＝フォレスティエに、偶然、パリの街角で出会う。フォレスティエは、「ラ・ヴィ・フランセーズ」という新聞の政治部長に納まり、堂々たる風格である。小説冒頭のこの旧友との再会の場面は、いくつかの点で、小説の成り行きをすでに暗示している。

一つは、フォレスティエの「世渡りは度胸、才覚さえあれば課長より大臣になる方が容易だ」という言葉である。この時点ではフォレスティエはたいした羽振りで、自信に満ち、デュロワに処世術を伝授する。だが、まさか当の相手に自分の立場が取って代わられようとは思ってもみない。

もう一つは、二七歳にしてすでに白いものが混じり始め、人生を知り尽くしたようにしゃべるフォレスティエが、途中でひどく咳き込み、発作が治まるのを待たねばならない。この時すでに兆候の見える肺結核が元で、フォレスティエはやがて死に、妻も財産も地位も、そっくりデュロワに横取りされることになるのである。デュロワはフォレスティエの助言通り、小才をきかせて新聞界へと食い込んでいくのだが、そのことが伏線として、第一章から匂わされているわけだ。

フォレスティエの導きで「ラ-ヴィ-フランセーズ」紙の取材記者に採用されたデュロワは、さっそくフォレスティエの家のパーティーに呼ばれる。デュロワは、借り着でぎこちない思いで出席するが、そのハンサムぶりと、機転のよさでぼろを出さずに切り抜ける。はじめから好意的なブロンドの美女フォレスティエ夫人、栗毛の愛くるしいド=マレル夫人、二、三の新聞記者連中、そして「ラ-ヴィ-フランセーズ」社の社長で代議士のワルテル氏に紹介される。

アルジェリア体験を生かして、「アフリカ猟兵の思い出」という記事を書くように勧められるが、突然名文が湧いてくるはずもない。文才にたけたフォレスティエ夫人マドレーヌの代筆で、かろうじて掲載の運びとなる。これを皮切りに、デュロワは失敗を重ねつつも探訪記者らしく育っていく。政治家、将軍、大使、司教、そして御者や警官や売春宿の主人にいたるまで、あらゆる階層の人々と繋がりをつけ、その楽屋裏に通じるようになる。

デュロワは、ラシェルという娼婦と関係する一方で、社交界のクロティルド=ド=マレル夫人に近づく。夫人の夫は、ほとんどパリを留守にしているし、幼い娘ローリーヌはすぐにデュロワになついた。相変わらず金には不自由な日々であったものの、夫人の借りてくれた密会用の部屋で、二人は存分に楽しむ。デュロワは、女の征服の思いがけないたやすさに、ほくそえむ。

一方、フォレスティエ夫人とも親密さを深めつつ、ワルテル社長夫人にも付け届けを忘れない。ワルテル夫人への挨拶に社長宅を訪れた折、アカデミー会員選出の噂話に切れ味のよい意見を吐いたところから、翌週、デュロワは二つの朗報を得る。一つは社会部長への昇進であり、一つは社長夫人の夕食会への招待である。

その晩餐会の帰途、文芸時評担当の詩人ノルヴェール＝ド＝ヴァレンヌから、死についての長口舌を聞く。人生という山道を登っている間は、頂上が見えているから幸福である。しかし、登りつめると急に下り坂が見えて、その果ては死である。自分には死がすぐ傍に来ているのが見えるのだ、と詩人は語る。人生が優しく手を広げ、何もかもが微笑みかけている今のデュロワに、この死の観念が理解できたかどうかは怪しい。だが、この人生訓がデュロワの心の深層へと入り込み、やがて成長の糧となっていくことは確かである。しかも、ほどなく友人フォレスティエの逝去という形で、その意味のいくらかを体験することになるのである。

「ラ‐ヴィ‐フランセーズ」は、いく人かの代議士の片棒を担ぐ御用新聞であるところから、赤新聞「ラ‐プリュ―ム」から露骨な中傷を書き立てられ、デュロワの署名入りの社説にも名指しで誹誇が繰り返された。紙面での論争では片がつかず、とうとう相手側の記者と決闘するはめになる。ヴェジネの森で引き金を引く瞬間までの、心ならずも決闘までしなければならなくなってしまった、デュロワの情けない不安な気持ちが丹念にたどられるが、幸い双方ともに怪我もせず、かつデュロワとしては体面も保つことができ、むしろ男を上げる。

第一部第七章のこの決闘のエピソードは、『ベラミ』より一年前の短編「ひきょう者」（一八八四）を土台にしたもの。「ひきょう者」の方は、社交界の好男子シニョール子爵が、決闘の前夜、怖気づいて衝動的にピストル自殺してしまうという筋。その間の心理描写は、見事だ。

カンヌに療養に行っているフォレスティエが危篤との手紙が来る。デュロワは朝の急行で駆けつける。フォレスティエは、見分けがつかないほどにやつれている。夫人は相変わらず聡明で美しい。瀕死の病人は、あと何度夕日が見られるだろう、君たちには先があるが、僕はもうおしまいだ、と嘆く。デュロワの滞在中に、フォレスティエは息を引き取る。今は未亡人となったマドレーヌに、求婚の意志をほのめかして、デュロワがひと足先にパリへ戻るところで第一部は終わる。

女を踏み台に

第二部では、デュロワはさらに女の踏み段を登りつめて行く。まず、カンヌから戻って来た元フォレスティエ夫人との結婚をはたす。美しい才女マドレーヌをうまうまと妻にしたデュロワは、新婚旅行を兼ねてデュロワの郷里であるノルマンディーの片田舎へ出かける。小さな村で百姓相手に居酒屋をやっている両親に会うためである。今やパリで出世し、身なりも押し出しもよいデュロワと、貴婦人然としたマドレーヌに、田舎者の両親は唖然とする。はじめは自分たちの息子とその妻であることさえ気づかない。

上流の金持ちと、貧しい百姓の両極端の取り合わせは、短編「田園」（一八八二）を思い起こさせる。やはりノルマンディーの寒村の田舎家を、養子ほしさに訪れる裕福な夫婦とみすぼらしい農民一家の対照。そして金持ち夫婦の養子となり、やがてりゅうとした身なりで戻って来た青年への、村人たちの驚きと羨望。作家一流の皮肉とカリカチュアとも見えるが、それは誰もが一度は願う「故郷へ錦を飾る」夢の、虚構世界でのせめてもの現前化に他なるまい。

ところで『ベラミ』は、その大半がパリを舞台とし、一九世紀当時の都会を映し出す時代絵巻といえるが、右のノルマンディーの田園と、それに先行する第一部の第八章、南仏カンヌの部分だけは、パリを離れ地方を舞台にしている。

第一部の最後の章と、第二部の最初の章との背景に、特別な変化が与えられているのは象徴的である。つまり、カンヌの章はマドレーヌと前夫フォレスティエを描いたものであり、ノルマンディーの章はマドレーヌと新しい夫デュロワを描いたものであるからだ。小説全体を二つ折りの画とするなら、二つの章はちょうど二つ折りの折り目で向かい合う形を成している。

男の運命を変える力を持つという点でファム-ファタル（妖婦）に属す才女マドレーヌを共通項

として、前夫フォレスティエと、それに取って代わるデュロワとが鏡の映像のように相対している。死んでいくフォレスティエの像は蒼白であり、前途洋々のデュロワの姿はバラ色だ。折り目部分での対応は、二人の男が分身であることを示している。また、先行部を後続部が模倣追尾する形には、カノン形式の構造を見ることができる。人物を入れかえ、構想にやや変化を持たせて追復させるあたり、長編小説構築の上達のほどがうかがえるところである。

さて、デュロワは、才媛マドレーヌの助けで次々とすぐれた政治記事を書き、政治部長に納まる。名前もデュロワを二つに分けて、貴族風に「デュ＝ロワ」と署名するようになる。しかし、公私ともに故フォレスティエの後に入り込んだことは、嘲笑の的ともなる。妻マドレーヌも、前夫との生活習慣を引きずって、ド＝ヴォドレック伯爵やラロッシュ＝マティウ代議士を自由に家に出入りさせている。デュ＝ロワは故人への嫉妬を克服し、強靭に、狡猾に、鍛えられていく。第二部第二章、妻マドレーヌとのブーローニュの森の散歩は、そんな風に主人公の心を大きく成長させる重要な場面の一つといえる。

悪党を手玉に取って

死んだフォレスティエはもちろん、才気走った妻も嘲笑する周囲の輩も、精神的に凌駕しえたデュ＝ロワは、結婚前からの愛人ド＝マレル夫人と縒《よ》りを戻す一方で、操の堅いといわれるワルテル社長夫人にも、じりじりと近づいていく。今やデュ＝

ロワの心配は、逢引のために借りているコンスタンチノープル街の家での、ド＝マレル夫人と、新しい愛人ワルテル夫人が鉢合わせをしやしないかということだけである。色事や、政治家との裏取引の間を泳ぎまわるデュ＝ロワに、さらに運が向いてくる。妻マドレーヌと親密な関係にあったド＝ヴォドレック伯爵が死に、遺産がマドレーヌに残される。デュ＝ロワは、妻の不義を逆手に取って、その半分をわがものにする。

しかし、デュ＝ロワのまだ上をいくワルテル社長や外務大臣ラロッシュ＝マティウは、フランスのモロッコ占領を先読みして公債を買い占め、巨万の富を手に入れる。ワルテル社長は、シャンゼリゼ通の大邸宅を家具もろとも三〇〇万フランで購入、五〇万フランで買い入れた名画披露の名目で、大パーティーを催す。

上等のシャンパンを前にワルテル社長は、政治家や貴族や様々の上流人のひしめき合う盛況に大満足だが、そこには色と欲とで渦巻く人間模様が繰り広げられている。デュ＝ロワが近ごろ目をつけているワルテル社長の美しい妹娘シュザンヌと、その求婚者のカゾル侯爵。不美人の姉娘ローズとその相手ラトゥール＝イヴラン伯爵。デュ＝ロワの妻マドレーヌと外務大臣ラロッシュ＝マティウの人目を避けた密談。そして、デュ＝ロワをうんざりさせるワルテル夫人の年増の深情けのしつこさ。いずれも色恋に金や財産目当ての欲が絡んでいるのだ。

デュ＝ロワは足しげくワルテル家を訪れた。ワルテル夫人が年甲斐もなく執心して会いたがるせいもあったが、デュ＝ロワの狙いはその令嬢シュザンヌである。もし「ベラミ」が独身なら、侯爵は断わって、デュ＝ロワと結婚するとシュザンヌはいう。デュ＝ロワは奸策を巡らす。

妻のマドレーヌが外務大臣のラロッシュ＝マティウと姦通していることは、デュ＝ロワはうすうす勘づいていた。妻への憤りもあるが、御用記事をさんざん書かせて自分は地位を得、職権による利益は一人占めにしたラロッシュへの恨みはさらに深かった。デュ＝ロワは、周到に警官たちを配備させ、不義の現場へ踏み込み、二人を一網打尽にする。

こうして、大臣ラロッシュを失脚させ、同時に正当な理由で離婚したデュ＝ロワは、晴れて独身の身となる。そして、ワルテル社長の娘シュザンヌをそそのかして駆け落ちし、ワルテル社長夫妻に、強引に二人の結婚を認めさせる。自身がデュ＝ロワに恋こがれていた夫人は、猛反対の末、この「婿」とは口もきかなくなる。ワルテル社長の方は、デュ＝ロワの悪党ぶりにあきれるとともに、自分の悪業の古傷をあばかれるのを怖れて、しぶしぶ承諾する。

結婚を前に、デュ＝ロワは新聞社の主幹となり、実質上の実権を握る。結婚式はマドレーヌ寺院で盛大に行われ、人々は羨望の目でデュ＝ロワを眺める。しかし、当のデュ＝ロワは、シュザンヌの腕を取って悠々と寺院の石段を降りながら、もう愛人ド＝マレル夫人の愛らしさを思い浮かべているのだった。

ペシミズムと諷刺

本作は、肉欲をむさぼり、かつその肉欲を手段に、地位と富とを手に入れる悪漢小説のように読める。モーパッサンのこれまでの作品が、ストーリーテラーとしての巧みさはあっても、とかく陰鬱であったのに対し、この出世物語は、うまく行き過ぎて、劇画でもめくる軽快さが感じられる。

たしかに『ベラミ』には、愛欲と金銭と権力とに血道をあげる腐れきった男女が劇画のように活写されている。しかし、このどろどろとした劇画世界をバックに、不徳漢デュ＝ロワのサクセス・ストーリーを冷徹に追うモーパッサンの視線は、実は何を射ようとしているのか。一つは、第三共和政の下で、植民地主義に浮かれ、悪銭を奪い合う醜い世相への批判であろう。また一つは、欲や誘惑に抗いえない人間そのものへの嫌悪、人生への厭世も、世紀末に重なるモーパッサン三五歳の心境の内には、あったのではないだろうか。

ところで、奸智《かんち》、狡捷《こうしょう》は、デュ＝ロワの性向に限ったものではない。人は誰しも、貪婪《どんらん》さや背徳性、悪魔的な面を隠し持っているが、それをあからさまにえぐり出されることは好まない。モーパッサンが、一八八〇年代のパリ風俗、腐敗した政界、紊乱《びんらん》を極めた社交界を、誇張はあるにせよ写実のペンを振るって描いたことは確かだ。同時代人にせよ、現代のわれわれにせよ、それをどう読むかが問題であるわけだ。諷刺と取る者もあろうし、警鐘と考える者もあろう。しかし、デュ＝ロワを通して示される「悪」は、人間に普遍の属性であり、道徳観や悲観論でこれを裁定してみても意味はない。モーパッサンはむしろ、そうした「悪」を内包した人間がどう生きるのか、作中で老詩人が説くように、「死」を宣告されている人間が、日常という現実の中で、どう暮らしていくのか、それを問いかけていると見るべきだろう。

貞淑の鏡といわれたワルテル夫人が、ついには生娘のような思いで主人公に肌を許す時、貞節の内にも「悪徳」は目覚めたわけだし、老詩人の説く「死」をデュ＝ロワが頭では理解できても、結局は現世的な欲に突き動かされるままとなり、出世街道を駆け上って行くのである。『ベラミ』の主題をあえて求めるならば、人間のそうした辻褄《つじつま》の合わぬところ、人間の内包する、相排除し合う概念の共存ということになろうか。人間解剖の文学が、その内的矛盾の発見に到達した一作といえよう。

時代気質の描写――『モントリオル』

オーヴェルニュの湯治場　『モントリオル』は、一八八六年一二月二三日から翌年の二月六日まで、「ジル-ブラス」紙に連載の後、アヴァール社から刊行された。オーヴェルニュ地方のぶどう畑に湧出した温泉をめぐる、資本家アンデルマットの開発事業と、その若く美しい妻クリスチアヌの隠れたる恋を写実的手法で描いたもの。自然の風光、湯治場に繰り広げられる人間模様、そして中心となる人妻の恋の歓喜と絶望、出産の苦しみと喜び。温泉地という一種特有の社会空間を、生理学的にバルザック風に描こうと試み、作者自身、はじめの二章で四〇人の人物をおどらせたと豪語する。

しかし、登場人物たちがほぼ出そろい、新温泉の建設が達成され、クリスチアヌとポールの恋が成就されてしまうと、後半は退屈だ。ゴントランとルイーズ、ポールとシャルロットの二組の婚約成立も、恋愛遊びと駆け引きに堕して緊迫感に欠ける。登場人物たちの配置と組み合わせは、チェスの駒をあやつるように巧みだが、フィクションという第二の現実がわれわれにもたらしてくれるはずの、想像力が喚起する真実味、感動、高揚感に欠けるうらみがある。

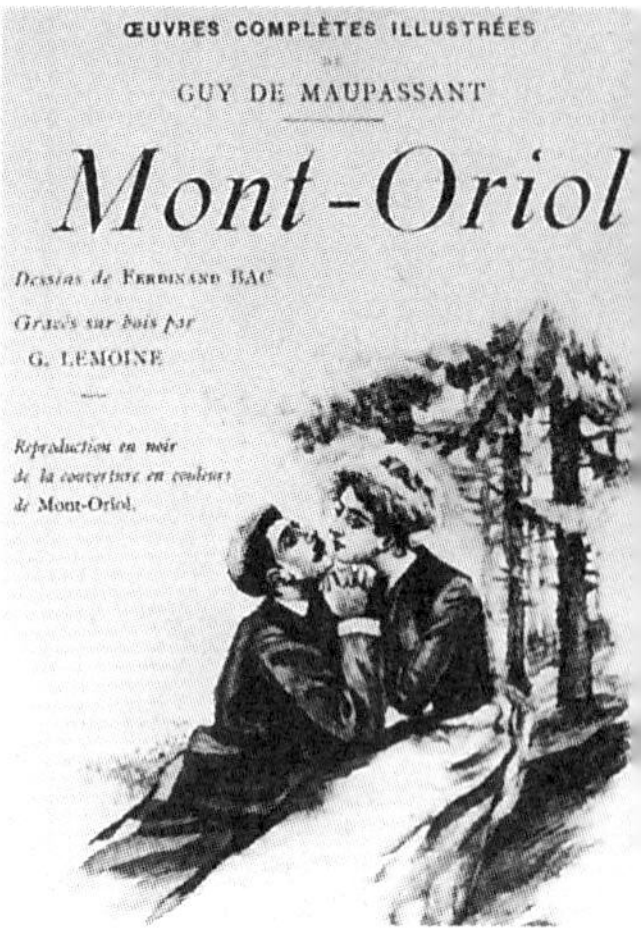

『モントリオル』の表紙

小説のタイトル〈モントリオル〉は、「オリオル山」の意味で、温泉の湧いたぶどう畑の所有者オリオルじいさんの名にちなむ。作中で出資者アンデルマットが命名する新温泉地の名称である。舞台は、ピュイ-ド-ドーム県の県庁所在地クレルモン-フェランの北西に広がる山岳地帯で、昔から鉱水や鉱泉で知られた所。現存する温泉地シャテルギヨンの南西数キロにあるアンヴァル村から話は始まる。モーパッサンは、一八八三年から一八八六年にかけて三度アンヴァルを訪れ、一八八五年から一八八六年にかけてやはり三度シャテルギヨンを、取材の目的で訪れている。しかも、自身の病気療養のためフランスやスイスの各地の温泉に多く滞在しているから、作者は以前から湯治場通であった。短編小説「患者と医師」(一八八四)の最初の部分に『モントリオル』の骨子は要約されているといってよい。一人の百姓が湧き湯を発見すると、土地売買や温泉施設建設の騒動が起きるのが常で、そこには医者もやって来て患者たちも集まってくるというのである。

この短編は、温泉にやって来た八六歳の老人が土地の八〇歳以上の人のリストを医者に出させ、年寄りが死ぬたびに原因を詮索しては、自分はまだ大丈夫と安心するというファルスである。「ある老人」(一八八二)の題で前々年に同じ内容が発表されてもいる。こうして湯治場の題材は四年

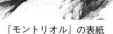

前にすでに取り上げられており、またオーヴェルニュの山や湖の景観は、短編「ささやかな悲劇」（一八八三）の背景に使われている。これは、息子がしだいに成長して自分から離れていってしまったことを悲しみ、めそめそ暮らしている老婦人との出会いを綴った小品である。

実際、一九世紀の後半は一種の温泉ブームで、鉄道の発達に助けられ、湯治だけでなく行楽や娯楽を求めて温泉場へと人が殺到した。パリの社交界が、夏にはそっくり温泉地へと移動した観があって、さながら色と金とが渦巻く歓楽場と化していたのである。

温泉開発と恋

『モントリオル』は、二部に分かれ、第一部が八章、第二部が六章からなる構成だが、第一部も第二部もプレイアード版でそれぞれ百数ページ、ほぼ同じ長さである。最初の章で、アンヴァル峡谷の温泉地に集まって来た医師や逗留客たちが紹介される。お人好しのラヴネル侯爵、その娘の青い瞳で小柄な金髪美人クリスチアヌ。クリスチアヌは二年前に結婚、子に恵まれないのと貧血ぎみのため湯治に来ている。夫アンデルマットはユダヤ人の銀行家。クリスチアヌの兄で遊蕩児のゴントランは、太ってはげあがったアンデルマットを馬鹿にしながらも、この金満家に多額の借金をしている。そして、ゴントランの親友で、行動をともにしている激情家の青年ポール。

二章の中心は、土地の豪農オリオルじいさんのぶどう畑の大岩の爆破。ラヴネル侯爵一家はじめ多数の見物人の集まる中、爆発寸前に小犬を助けに走っていくポール。青年の行動はクリスチアヌの眼を引くが、小犬は助からずちぎれた肉片となる。それは、小説の結末の、踏みにじられた人妻の心を早くも暗示する。爆発の衝撃で、畑には温泉が湧出する。

三章は、ホテルの湯治客たちの、夕食のテーブルを囲む議論。新しい湯の発見に眼をつけ、温泉開発に野心を燃やすアンデルマット。これに応えて専門的な解説を披瀝する元鉱山技師のパストゥール。アンデルマットは、さっそくゴントランを案内に立てて畑の持ち主であるオリオルじいさんを訪ねる。地所買い取りの話を持ちかけるが、オリオルはなかなか一筋縄ではいかない。ゴントランの方は、農家に生まれたとは思えない愛らしい二人の年頃の姉妹にもっぱら興味を引かれる。

四章。オリオルじいさんは、温泉用地をできるだけ高く売りつけようと画策する。松葉杖をついてうろついている通風病みの宿無し老人クロヴィスを買収して、仮に掘った穴で湯に浸《つ》からせ、効能あらたかなところを示そうとする。老人が以前から仮病をつかっているのを、オリオルは知っていたからである。一方、クリスチアヌは、湯治のかたわら、兄のゴントランやその友人ポールらと、穴に浸かっている老人を見物に行ったりして退屈を紛らす。はじめは虫の好かなかったポールとも口をきくようになる。思いつめては、恋や決闘に身を投げ出すことを繰り返してきた情熱家のポールは、歩きながらクリスチアヌに、自然の発する様々の霊妙な香りへの陶酔を語る。クリスチアヌはこの香気の話に胸打たれ、後々まで深く心に残るところとなる。

五章は、村をわきたたせる慈善会の催し。取り引きを有利に運ぶため、オリオル家と近づきになろうと、寄付金集めにオリオルの娘姉妹を当たらせる。催しの後、クリスチアヌたちは山を散策する。ルイーズとシャルロットの姉妹は、アンデルマットやゴントランとすっかり打ち解ける。ポールは山からのすばらしい眺めを前に、ボードレールの詩をクリスチアヌに朗誦して聞かせる。

六章。銀行家アンデルマットは、月の半分はパリに戻らなければならない。残った者たちは、谷間への散歩や、馬車の遠足に楽しい時を過ごす。道々、ポールはクリスチアヌと二人きりになる機会をとらえては、恋の遍歴や愛の神秘を語り、心の距離は徐々にちぢまっていく。クリスチアヌは、皆に遅れて木陰の小道を歩いていた時、「あなたを愛しています！」というささやきを聞く。

七章では、クリスチアヌが、生まれてはじめて人に思いを寄せられる喜びを知る。月下の古城を見に行った折、人妻はポールに激しく抱擁される。一方、アンデルマットは鉱泉分析の上々の結果をたずさえてパリから戻り、いよいよオリオルと土地契約の交渉に入る。一ヵ月でアンデルマットが湯治場の新開発にこぎ着ける間に、ポールはその美しい妻との愛を急速に育てたのだ。

八章。土地一帯は、新温泉場の開発の興奮に包まれるが、パリでの準備のためにアンデルマットの不在は長びいていた。ポールとクリスチアヌは人目を気にせず自由に愛しあうことができた。酒に酔うように口づけに酔いしれ、ポールの激情は狂態にまでかきたてられた。二人は魂の底まで見つめ合い、恋情にひたすら身をゆだねる。

アンデルマットが株主たちを引き連れて戻ってきた。株式会社が設立されると、ラヴネル侯爵は自分たちの長すぎた滞在を切り上げることにする。別れの夜、クリスチアヌはポールにパリでの再会を約束し、二人は骨もくだけよとばかりに抱き合い、長い長いキスを交わす。

温泉開きと若妻の末路

第二部は、それから半年後のこと。一章では、新設の浴場、ホテル、娯楽場、遊園地などが完成し、温泉場開きの祝賀会が催される。そこには、ラヴネル侯爵一家に加え、ようやく呼び寄せることができたポールが顔をそろえる。お祝いのオペレッタに続く花火の騒ぎをよそに、二つの密談が交わされている。一つは、アンデルマットとゴントランのそれで、借金と蕩尽を重ねるばかりのゴントランをアンデルマットはきつく戒める一方で、オリオルの娘のどちらかといっしょになることを勧める。まだ掌中にない残りの畑を持参金としてこちらのものにして、事業をさらに拡大する腹なのである。その夜の舞踏会で、ゴントランはさっそく妹娘シャルロットを口説きにかかる。

もう一つの密会は、クリスチアヌとポール。クリスチアヌは去年二人が別れを惜しんだ街道のはずれにポールを誘う。妊娠しているクリスチアヌは、子供が動くのがうれしくてたまらないが、ポールは鼻白むばかり。ポールが愛人向きではあっても、父親向きではないことが、クリスチアヌには分かっていないのである。

二章でゴントランは、妹娘シャルロットに接近し、姉娘ルイーズは嫉妬も手伝って妹と仲違いする。クリスチアヌとポールは、ゴントランに若い純粋な娘を弄ぶのはやめるようにいうが、ゴントランは結婚の気がないわけではないといい逃れる。ところが、アンデルマットがオリオルから聞き出したところでは、彼らの欲しい地所は、姉娘ルイーズへの婿資とするつもりで、妹娘につけてやるものはないというのである。かくして、風向きは急に変わることになる。

三章では、ラヴネル侯爵の一行にオリオル姉妹を加えて、馬車で噴火口の見物に出かける。早くも姉娘ルイーズに乗り換えたゴントランは、ほら穴でその手に接吻する。除け者にされた妹シャルロットをポールがいたわる。帰途、一行は道をふさいでいる老いたロバの死骸を見る。クリスチアヌは深く心を痛めるが、この動物の惨めな死こそ結末における自身の悲しい運命の暗示であることは知るよしもない。ホテルに帰ると、あまりに軽々しく妹から姉へ相手を変えるゴントランをポールはなじるが、ゴントランは反対に、女に嫌気がさしたら君ならどうするね、と言いかえす。

四章。ポールはたしかにクリスチアヌへの情熱が冷めていくのを感じている。身重のクリスチアヌは外出をしなくなる。谷間への散歩に出かけると、ゴントランはルイーズと森に消え、ポールは残された妹娘シャルロットの沈んだ、しかしみずみずしい魅力に屈し始める。やがてゴントランとルイーズの結婚は公にされ、アンデルマットは抜け目なく必要な土地が自分たちのものになるように、オリオルに姉娘の婿資としての土地譲渡の書類に署名させる。

五章では、シャルロットを巡るライヴァルへの反発から、ポールは、つい自分こそあなたを真に愛していると言ってしまう。そして、シャルロットに夢中でキスしたところをオリオルじいさんに見とがめられ、ひどく罵倒される。怒ったポールは、自分は結婚するつもりだし、婿資には三〇〇万フランを出すと宣言する。それならと、オリオルは今度は逆に結婚契約の書類にそのことを書かせ署名させる。ポールはとんだ成り行きから婚約させられるはめになるが、まんざらでもない。

六章は、全体の最後の章でもある。新温泉事業は順調に進んでいたが、その日はアンデルマットにとって凶日であった。頼りにしていた元鉱山技師の急死、滞在中の名士の娘の駆け落ち、妻クリスチアヌの妊娠末期の精神不安定。クリスチアヌは、ポールとシャルロットの婚約のニュースを聞き、産褥《さんじょく》の痛苦と心の絶望に苦しめられるが、無事に女の子を出産する。

産後の床にあるクリスチアヌは、初乳熱とポールの新しい恋愛による悪夢に苦しみ、錯乱状態になる。いつか道に倒れていたロバと自分が重なり合う幻覚を見る。ようやく落ちついた若い母は、赤子を抱きとる。これはあの快い興奮と抱擁から生まれたもの、これこそはあの男であると同時に自分でもあるのだ。

クリスチアヌは、子どもの耳にさようならとささやく。それは、男への悲痛な別れの言葉に他ならない。クリスチアヌは自室にポールを呼ぶ。もはや心が離れた愛人と、自分の子供にまみえなければならないことに、ポールは困惑を覚える。ベルを押す手も震える。「私はひどい苦しみの後だから、強く生きられるわ。あなた、お幸せにね」というクリスチアヌの言葉で物語は閉じられる。

「むすめ男」というタイプ

こうして小説は、温泉開発を風俗的なバックに、若い人妻の恋の歓喜と失意を描き出した。作中の視点の多くはクリスチアヌのそれに置かれている。クリスチアヌとポールの図式は、『谷間の百合』（一八三五）における人妻アンリエットとフェリックスの抑圧された純愛や、『ボヴァリー夫人』（一八五七）における人妻エンマとロドルフの燃え上がる情欲とも比されよう。しかし、クリスチアヌが、はじめはポールの求愛を避けようとしたのは、貞淑さや徳のゆえではない。無骨な外見に反して、過剰に繊細で激情的なポールという男そのものが虫が好かなかったからである。アンリエットのように、自己を厳しく律する一方で錯乱の内に官能に屈しようとするほどの内的葛藤はない。かといって、エンマのように目覚めた愛欲の果てに、生の破局にまで引きずられていくほど道を踏み外しもしない。

クリスチアヌの金満家の夫は赤ら顔のユダヤ人だが、アンリエットやエンマの夫たちほどに俗物ではない。クリスチアヌの恋は、したがって一方的に夫への反発から生まれたともいえない。クリスチアヌとポールの恋の駆け引きには遊戯じみた面が見える。生命を賭した熾烈で厳粛な真の愛は欠けている。ポールが土地の豪農の娘と結婚すると聞いたときのクリスチアヌの失意には、ロドルフが馬車で家の前を駆け去るのを見て失神するエンマと同様の心痛が察せられるが、クリスチアヌの場合は、すでにポールの子を身籠っているという安心と自信がある。貴族で何不自由ないクリスチアヌには、根本的に人生への恐怖や不安はなく、かといって倦怠という知的憂鬱もない。クリスチアヌなりに、失意の克服から、強く生きる女へと成長していくことが暗示されてはいるが、目を見はるほど新しい女の生き方が示されているわけではない。

もう一人、クリスチアヌの兄ゴントランの視点からもこの小説はしばしば語られ、むしろ注目すべきはこの人物の方かもしれない。ゴントランという名は、「むすめ男」（一八八三）という文章の中で、三年前すでに使われている。それは、時代の生んだ救いがたい男たちのある典型、〈むすめ男〉とでも呼ぶべきタイプを評したもの。愛嬌があって魅力的で、借金や他人の迷惑など気にもとめず、意地悪な一方で、献身的で礼儀正しくて皮肉屋。特に上流社会や女の周辺に出没する、とモーパッサンは分析して見せる。

そうしてみると、『モントリオル』におけるゴントランもまさにその典型であり、社交の世界を実にうまく泳ぎわたりながら、金持ちからは金を引き出し、女からは快楽と持参金をせしめようとする巧者。同じ一九世紀の、ロシアにおける〈余計者〉が、貴族階層の虚飾や愚かさを鋭く衝きながらも行動に欠ける教養派であったのに対して、フランスに巣くう〈むすめ男〉は、見せかけの知性と、したたかな神経をもって、世間のうわずみのように浮遊する輩といえる。こうした、時代の一気質を長編作品の中で巧みに踊らせ得たところが、この作品の評価されるべき点かもしれない。

永遠のテーマ、近親憎悪――『ピエールとジャン』

兄と弟

長編小説第四作目の『ピエールとジャン』(一八八八)は、「新評論」誌に、一八八七年一二月より翌一八八八年一月にかけて分載され、オランドルフ社よりただちに出版となる。刊行に際しては、同月「フィガロ」紙の「文芸付録」掲載の「小説《ルーロマン》」と題する創作論を序文として掲げている。この序に続いて収められているのが、九章から成る、出生の謎をめぐる兄弟と母の苦悶を描いた心理小説『ピエールとジャン』である。モーパッサンの六作の長編の中ではもっとも短く、たった数ヵ月の出来事を扱ったという点では、中編とも呼びうる作品。

不義の烙印を負う母親、それに起因する兄弟の争いと自己嫌悪。各々の胸に燃える嫉妬、反目、痛恨。こうした煩悶の壮絶さと少数の近親者間の葛藤は、古典劇を思わせる。血族ゆえのおぞましい人間関係には、ギリシャ悲劇の骨子を成す心理のメカニズムが内包されているといってよい。

モーパッサンより一〇歳年上の作家アルフォンス=ドーデは、『プチ-ショーズ』(一八六八)という長編小説で、兄弟に欠損していた母性を肩がわりして、弟の保護者となる慈愛に満ちた兄の姿を描いている。自叙伝の色濃い作品だが、『ピエールとジャン』にも、モーパッサンの自伝的要素がないとはいえない。モーパッサンには、六つ年下の弟エルヴェがいた。自分が成功してからは、弟エルヴェの自立のために、精神的にも経済的にも協力を惜しまず、『プチ・ショーズ』の兄ジャックのように弟への献身ぶりを示す。モーパッサンが弟を本当に愛していたことは、精神病院で先に天へと召されたエルヴェへの、悲しみの深さからも十分推量できよう。

しかし一方で、長ずるまでの幼少年期に、弟への反発が全くなかったとはいえまい。母ロールの溺愛の下に育てられたギィは、おそらく弟の誕生によって、母を独り占めできない悔しさや、全幅の依存の対象であった母に、反感や不信をさえ抱いたかもしれない。そうした自己分析や反省がなければ、これほどに精緻で密度の高い、親と子、兄と弟の間の心の様相は描けなかっただろう。

嫉妬の図式

トルストイの「モーパッサン論」（一八九四）によれば、『ピエールとジャン』は、性欲と偽善と嘘が、人物たちに哀れな運命をたどらせるだけの、不道徳な文学ということになる。また、筋書は、およそありえない不自然さ、とも批判している。

しかし、二つ年下ながら、その心理解剖の手法でモーパッサンに大きく影響を与えた小説家ポール＝ブールジェにも、同じ主題を扱った『残酷な謎』（一八八五）という小説があるし、奇しくもモーパッサンと時を同じくして書かれたエドゥアール＝エストーニエ（一八六二〜一九四二）の『ステファヌ』も、同一の題材を似通った構成で小説にしたものである。エストーニエは、ディジョン生まれの作家で、バルザック風に、境遇という条件の下に人間が強いられる宿命の陰気な面を描き、フェミナ賞を獲得、後にアカデミー＝フランセーズの会員にもなっている。

つまり、トルストイのいうように、一概にこの小説の筋も作為的ばかりとはいえず、生身の人間の人生であればこそ、むしろ皮肉な運命の悪戯は起こりうるものであり、エストーニエやブールジェが同様の構想の小説を書くにいたったのも、あながち偶然とは断じられないのである。

主題の中心を成す、兄の弟への嫉妬は、アダムとイヴの長子カインが弟アベルをねたみから殺害する旧約聖書の挿話に原型を求めることができよう。近親憎悪は人類の歴史とともに始まっていたといってよい。人間の生まれながらに持つ業ともいうべき兄弟の反目を、一九世紀の風俗の中に置き、近代人のいっそう複雑な心理的葛藤を描き切った作品といえる。夏目漱石が、『女の一生』に比して、本作をこそ名作と呼び、ヘンリー＝ジェームズが、モーパッサン全作品中、最良の作としたゆえんでもある。

遺産相続の疑惑

パリで宝石商をしていたロラン夫婦は、ノルマンディーの港町ル＝アーヴルに引っ込んで、釣りや舟遊びに日を暮らしている。長男ピエール（三〇歳）は医学の博士号を、次男ジャン（二五歳）は法学士を取得したところで、それぞれル＝アーヴルで開業の心づもりでいる。兄は黒髪で激情家、弟は金髪で穏健な性格であり、一家と親しい若い未亡人ロ

ル-アーヴルの港

ゼミリ夫人（二三歳）は、弟の方に気があるらしい。

ある日、弟ジャンへ、年収二五〇〇〇フランという遺産がころがり込む。かつてパリでロラン夫婦と昵懇《じっこん》の間柄だったマレシャルという男が死に、遺言で全財産をジャンへ遺贈したのである。気のいいロラン氏と実直なロラン夫人は手放しの喜びようだが、長男のピエールは、やり場のない重苦しい気分を感じ、やがて波乱に発展する無意識の反感が胸に兆す。

ピエールは自分も開業して一身代作ろうとアパート探しを始める。ところが無一文では手付を払うこともできない。弟ジャンに借金をしようと考えているうちに、これと決めていたアパートを弟に借りられてしまう。ピエールはあてもなく港町をさまよう。そして、深い内省の結果、自分をとらえているのが嫉妬という感情であることに気づく。この発見を、モーパッサンは、「自身の内なる他人をあばき出す」と表現している。

薬剤師マロウスコやビヤホールの女給に、弟の莫大な遺産相続のことをもらすと、それは尋常なことではないと吹き込まれる。疑心暗鬼が、ねたみも手伝って、ピエールの中でふくらんでいく。弟への嫉妬、母への疑惑、そしてそんなことを考えてしまう自分への自己嫌悪にもだえる。母に無理に取り出させたマレシャルの古い小さな肖像画を見た時、ピエールは弟がマレシャルに瓜二つであることに気づき、同時に母親の何かにおびえたようなそぶりに、疑いは確証へと変わる。

弟ジャンが、新しいアパートでの弁護士開業の準備を喜々として進めている一方で、ピエールは沈み込み、母は母で何か恐ろしい痛苦にさいなまれ顔色が蒼ざめていく。ジャンの新宅への入居を記念して、海浜町サン＝ジュアンへ、一家は友人たちと遠足に出かける。ジャンは海辺で、ロゼミリ夫人と二人きりになった機会をとらえて求婚する。

ル＝アーヴルに戻って、ジャンの新居披露が行われたその夜、ピエールはジャンに皮肉の数々をぶつける。自分もそこで開業を願っていたアパートも、ロゼミリ夫人も、何もかもを横取りされたやっかみであることは、ジャンに指摘されるまでもなくピエール自身よく分かっていた。しかし激昂したピエールは、母の姦通のおかげでジャンが財産を得たことを、ついに口にしてしまう。この場面でのピエールの苦しみの吐露は、同じく母の不徳に煩悶するシェイクスピアの『ハムレット』中のモノローグを想起させる。愛し敬うべき母親を責め憎まねばならない息子の、身を裂くような二重三重の苦悶には共通のものがある。

隣室ですべてを聞いてしまった母親は、ピエールの去った後、マレシャルとの隠れた愛こそ自分の生涯で唯一の真実であったとジャンに告白し、泣き崩れる。母親はジャンに救いを求めるが、ジャンは心の中で、遺贈された財産を兄のいうように拒むべきであったのかと自問する。しかし、実父ではないロランの遺産をピエールにゆずれば、自分は本当の父マレシャルの遺贈を受けても不思議はないのだ、と納得する。そして、もはや居場所を失ったピエールのために、ジャンは大西洋航路の新造船に船医のポストをみつけてやる。小説は、その出航を一家が見送るところで終わる。

ハムレットほど哲学的、厭世的ではなかったピエールは、破滅的な悲劇の道をたどることなく、ひとまず世俗的には活路を見いだし、船医となる。ピエールの中で、報復的な苦悩がもはや疲れはて、反発もなえてしまったのだ。自己嫌悪と家族たちを苦しめた後悔とがピエールを海上に駆り立てたかに見えるが、それだけではあるまい。安らぐべき母の胸を永遠に失ったピエールは、今や大洋の揺籠にゆられて心を癒すしか術がないのである。

傑作の理由

モーパッサンは、『ピエールとジャン』に行き着くまでに、すでに三〇〇の短編と三作の長編を自然主義作家らしい技法で書いてきた。しかし、本作ではさらに、人の心理を描くのに、外面によって内面を照射する技法に習熟してきている。直接的な心理描写をさけ、言葉より行動やしぐさに語らせる。客観的かつ暗示的な彫琢により、四人家族とロゼミリ未亡人の知性、感性、性格がそれぞれ巧みに描き分けられ、虚構の緊密さは片時もゆるまない。

ところで、「百万フラン」（一八八二）の題で一度発表された後に改作された短編に「遺産」（一八八四）がある。役人ものの一つで、後継ぎの生まれるのを条件に遺産を約束されるが、子ができないので、妻に他の男の胤《たね》をもうけさせて遺産を手に入れる話である。モーパッサンの作品には多い私生児のテーマと、遺産相続という素材を面白おかしく組み合わせた滑稽譚である。

『ピエールとジャン』は、同じ材料でも料理の仕方は全く違う。きわめて深刻で笑いの余裕などない。幼い時の深層心理に発する兄と弟の微妙な愛憎、潜在的な嫉妬については、すでに触れたが、それが、モーパッサンの実人生と内省的な観察に裏づけられていることは疑いない。また、親の不貞を許せない息子の心情も、作者の体験から来ている。モーパッサンの場合は、父の不義に対する父親憎悪であったが、それがここでは母親へと置きかえられている。

鈍物の父ロランの愚劣さをピエールは百も承知していながら、それでも母が他の男を求めようとした過去のあやまちを決して赦せない。それは、モーパッサン自身が、母ロールを聖母のように絶対視していたと同様に、ピエールにとっても母という偶像は完璧であらねばならなかったからだ。

『ピエールとジャン』が、その単調な暗い心理解剖に終始しているにもかかわらず傑作と評される理由は、次の二点に要約されるだろう。一つは、親と子、兄と弟という二組の永久不変の相克を扱い、この、人類はじまって以来のテーマが万人の心に訴えるものを持つこと。もう一つは、血族の二組の愛憎が、作家の実像に裏打ちされたものであり、生涯を通じて本作がもっとも作家の実人生を露呈しているからである。次に触れる「序」の小説論で、作家は仮面でおのれを隠し自我を読者に見破られないようにすべきだと述べているのとは、皮肉にも裏腹に。

さて、『ピエールとジャン』の「序」として掲げられた「小説《ルーロマン》」は、一八八八年一月に「フィガロ」紙に発表された時、かなりの削除が編集者側で勝手におこなわれ、モーパッサンは訴訟を起こし、「フィガロ」紙が謝罪記事を掲載したといういわくつきの小説論である。

文章作法

しかし、「論」とはいっても、一貫した評論ではなく、いくつかの問題に関する随想、創作上の作法を述べたものである。まず冒頭で、心理解剖のジャンルの試みとして『ピエールとジャン』を書いたとは記しているものの、論全体は、この小説のためだけの「序」というより、モーパッサン文学全体の創作の姿勢を示したものと見た方がよい。

世にいう「批評家」なるものへの批判と、心理分析小説及び客観小説のありようが前半に述べられるが、何といっても興味深いのは、後半で語られるモーパッサンの二人の師、ルイ＝ブイエとギュスターヴ＝フローベールに薫陶を受けた文学修行の実際であろう。ブイエからは、作品の長さや、書き手の一流か二流かは関係なく、そこに作者の渾身の力とみずからの才能や独創を込めていれば芸術として十分であることを学ぶ。

そして、フローベールは、七年の間、詩や中・短編や戯曲を残らず添削指導してくれた上、ビュッフォン（モーパッサンはシャトーブリヤンと記しレオポルド＝ラクールから誤りを指摘されている）の言葉を引いて、才能とは長い忍耐であることを教え、そして、写実主義文学の大家として、きわめて具体的な創作術を授けている。同一の砂の粒も、同一の鼻もない。それを最小限の言葉で特定し、表現は的確適切であれ、というのである。最後にモーパッサンは、装飾過多で複雑怪奇な「芸術的文体」など不用だと述べているが、この部分をゴンクール兄弟は自分たちを狙い撃ちしたものだとして憤慨している。

それにしても、ブイエ及びフローベールの教えを忠実に着実に実行したことが、大作家モーパッサンを作ったことは、何よりもこの論によって明確にわれわれは知ることができるのである。そして、これらの「文章作法」は、どの時代どの派の文学者も学ぶべき、実際的にしてかつ根源的な、小説の奥義を教えるものだろう。

老醜への嫌悪――『死のごとく強し』

よみがえる女

『死のごとく強し』は、一八八九年二月一日から五月一五日まで、「ルヴュ＝イリュストレ」誌にアルベール＝オーブレの挿絵入りで発表された。単行本出版は、同じく五月、オランドルフ社からである。長編小説の第五作目で、老いらくの恋と老いさらばえることの悲しみをテーマとし、ほぼ一年をかけて完成を見た。時に三九歳のモーパッサンが、すでに病魔による心身の衰えを強く感じ、主人公オリヴィエないしその愛人アニーの口を借りて、老醜への嫌悪をはしばしに洩らす。晩年近しといえども、あまりに早い老いへの恐怖ではなかったろうか。

この数年前に書かれた短編「終われり」（一八八五）に、本作の発芽は見いだせる。「終われり」の主人公、老けたとはいえ相変わらずの好男子ロルムラン伯爵は、二五年前の恋の相手から夕食の招きを受ける。胸ときめかせて訪れたロルムランを、二つの動揺がとらえる。白髪の様変わりしたかつての恋人は、もはや見知らぬ老婦人にすぎない。ところが、一八歳になるその娘というのが、昔の恋人そっくりなのだ。この再生した女の内に、言葉づかいや声の抑揚まで類似を見いだす。ロルムランは、よみがえったかつての女の面影を胸に帰宅する。しかし、家の鏡に見いだしたのは、皺や肌あれで醜くなった哀れむべき自分の姿であった。短編「終われり」では、老醜を揶揄し、それを突き放して描いている。ところが、『死のごとく強し』では、老衰への一部始終がこと細かに描写され、もはや嘲笑の対象であるより、モーパッサン自身の恐れとなって滲み出てくる。

タイトルとなっている〈死のごとく強し〉は、『聖書』の「雅歌八─六」にある「愛は死のように強い」から取られていると思われるが、このあまりに有名な句は、多くの文学者が様々に言い換えて用いている。本作では、しかし「愛」は、本当に「死」を乗り越えるほどに強かったろうか。むしろ「雅歌」の右の句に続く「……そして、嫉妬は墓のように堅固だ。彼らの抱擁は火の抱擁、きわめて激しい炎だ」の方に小説の真意が隠されている気がする。

社交界の花形画家

『死のごとく強し』は、第一部が四章から、第二部が六章から成り、後半がやや長い。登場人物は少ない。主人公の老画家は、愛人の若かりし日の姿に生き写しの、その娘へと心ひかれ、ついには自己を見失って死にいたる。狭い限られた空間での、少数の人物が奏でる、内的独白の室内楽とでも呼べよう。

独身を通した画伯オリヴィエ＝ベルタンは老境に達し、二〇年来の愛人アニーを唯一の心のよりどころに生きている。歴史画でローマ賞をかちえ、「クレオパトラ」で地位を不動のものにして、アカデミーにも迎えられた。剣や乗馬にも優れ、美男で身だしなみがよく、物腰の柔らかさから社交界でも上々の評判を取る。肖像画家としても当代随一といわれ、名だたるパリの女たちからこぞって肖像画を依頼されたりもする。

ある日、オリヴィエは公爵夫人の屋敷で、喪服に金髪の際立つ美しいギルロワ夫人を見かける。夫は田舎貴族の代議士。その夫の父の服喪中ではあったが、夫人の肖像を描きたいという画家の願いは叶えられる。六歳の娘アネートを連れて、ギルロワ夫人はアトリエに通って来る。社交界では寵児であった夫人も、自分がこれまで全く知らなかったものを画家の内に見て好ましく思う。互いの親しみは増し、オリヴィエの思いは恋心に変わる。そして夫人も、火遊びと、女としての勝利に熱中していく。ある時、夫人を見つめるオリヴィエの眼に涙が浮かぶ。こらえきれずに夫人にキスをすると、夫人も抗いながらもオリヴィエを強く抱きしめた。

男女の隠れた愛につきものの、疑心暗鬼がそれぞれの心を浮き沈みさせはするが、肖像画が完成した後も二人の関係はゆるむことがない。夫の伯爵も疑いや嫉妬を抱くどころか、この有名な芸術家をいつでも快く迎え、良き友人となる。オリヴィエは、ギルロワ家の客間へ足しげく通う。

娘アネート

アニーの娘アネートが、ルール県の田舎の屋敷から成長して帰ってくる。そのお披露目に、母娘はおそろいの白いレースのドレスで登場し、美しい姉妹のような二人はみなから喝采を浴びる。成熟してはいるが色香を失わぬ母親と、少し若すぎるが花開きかけた少女との瓜二つの姿である。客の中に、背の高い青年貴族ファランダルがいる（いずれこの若い侯爵は、娘の婚約者となる）。

オリヴィエと夫人の、馬車の散歩や昼食の席に、娘アネートが同行するようになる。ある日、オリヴィエは偶然アネートと二人でモンソー公園を散策する機会を得る。好奇心旺盛な若い娘のおしゃべりを聞いているうちに、なぜか、ありとあらゆる数えきれない思い出がオリヴィエの胸にわき上がってくる。娘の若々しい声にギルロワ夫人のあの抑揚を聞き、過去がまた現在のものとなる。オリヴィエも若い自分に立ち返り幸福感に包まれる。マルセル＝プルーストの『スワン家の方へ』（一九一三）の中で、お茶に浸した菓子プチット‐マドレーヌが、過去の記憶へとさかのぼらせるきっかけとなる有名なエピソードに、このモンソー公園の場面は先行するものである、と新感覚の作家ポール＝モーランは指摘している。

産業館で催された大展覧会には、オリヴィエも出品していた。オリヴィエは夫人たちを案内する。昼食には、ファランダル侯爵も同席する。アネートを射止めようと作り笑いをするこの青年に、オリヴィエは胸がむかつき不快を覚える。それが、初老を迎えようとする男の内に芽生えた嫉妬であるとは、自分でも気づかない。一方、夫人と娘を見くらべている内に、オリヴィエは二重の恋の罠に知らずにはまっていく。

夫人の母の死と生前の秘密　第二部の最初の章は、書簡体形式を取っている。ギルロワ伯爵夫人の母が亡くなり、ロンシエール（架空の土地）の屋敷に伯爵夫妻と娘がしばらく滞在している。母親を失った夫人の悲しみは深く、日々泣き暮らしている。オリヴィエは励ましの手紙を送る。

ところで、同様に老母の死をテーマにした短編に、「お通夜」（一八八二）がある。謹厳実直に育った息子と娘が、唯一の心のよりどころだった母を失い打ちひしがれる。通夜の晩、嘆きを癒そうと、母の古手紙の束を解くと、亡夫とは別の男との熱烈な関係があからさまとなり、生真面目な息子と娘は驚くという筋である。

この筋立ては、そのまま『女の一生』（一八八三）第九章で、主人公ジャンヌの身に起こることとして取り込まれている。甘い言葉に満ちたひと山の手紙から、死んだ母には父以外の愛人がいたことを知る。ジャンヌは暖炉にくべてその束を燃やすのだが、胸裂かれる思いを味わう。これもまた、ジャンヌという女性を成長させていく試練の一つとなっていた。

では、『死のごとく強し』ではどうであろうか。老母の死と古手紙のエピソードは、この長編では二つに分けて生かされている。第二部第一章では、母を亡くした夫人の悲哀がめんめんと語られるのみだが、秘密の古手紙を燃やす場面は、小説の結末の場面で大きな働きをすることとなる。

第二部第二章では、ひと足先にパリに帰った伯爵の頼みで、オリヴィエが夫人と娘を迎えにロンシエールに向かう。悲嘆にやつれた容貌を気にかける夫人をよそに、オリヴィエの関心は娘のアネートへと傾斜していく。オリヴィエはアネートにテニスを教えたり、パリへ戻ったら宝石のブローチをあげようと約束したりする。夫人が、突然、帰京の決心をするのも、娘の若い美しさへの嫉妬があったからに他ならない。

老いへのおびえ

画家は、アネートをモデルに絵を描かせてくれと申し出る。夫人は堅く拒む。自分の似姿を通して、オリヴィエがアネートに恋し始めていることを見抜いていたからだ。オリヴィエが二重の恋に苦しむ一方で、伯爵夫人は容色の衰えに悩まされる。老醜への嫌悪は、小説の枠をはみ出して、作家の心情の直接的な吐露と受け取れる。肉体の衰えを感じ死さえ予感していればこそ、若さへの強い執着、老いることへの悲しみは、モーパッサンの頭を片時も離れなかったに違いない。

アネートとファランダル侯爵の婚約が整い、結婚が迫る。ギルロワ伯爵一家と婚約者を、オリヴィエはオペラに招待する。オリヴィエのこの被虐的行動は唐突に見えるが、出し物が『ファウスト』であることから、挿入歌としての効果はすぐに読み取れる。「若さが欲しい」とうたうテノールが、オリヴィエの胸中を雄弁に物語っているからだ。

翌日、「オリヴィエ＝ベルタンの時勢おくれの芸術……」という記事が新聞に載る。慰めを求めて夫人を訪れると、婚礼が済むまでアネートに会わないでくれと断わられる。その夜、オリヴィエは馬車にひかれ、伯爵夫妻は重傷の画家のベッドに駆けつける。夫人と二人だけになった時、夫人からの手紙を全部燃して欲しいとオリヴィエは頼む。手紙の束は、苦しみもがきながら、暖炉に燃えつきる。夫人が枕元に戻った時、老画家は息を引き取っていた。

閉じられた空間

オリヴィエ＝ベルタンの死は、事故か自殺か。走ってくる馬車に触れたその瞬間、オリヴィエの頭の中には、いずれにせよもう生への希望はなかったに違いない。この長編でモーパッサンは、老いの恋、老いていくことへの恐怖というテーマを集中的に描いた。どんな人間も持つ、しかしこれまで誰も書かなかった意外な真実をあばき出すという作家の本領が、ここにも発揮されている。しかし、小説としては技巧的に過ぎ、中心となる画家と夫人の連綿たる心情吐露に倦怠を感じる読者もいよう。先行作の『ベラミ』や『モントリオル』に登場した山師や成金は本作では影をひそめ、登場するのは、貴族、有閑階級の人物に限られ、当時のパリの社交生活、サロンやアトリエが、いかにも実際らしく描かれる。そこには、風俗小説（ロマン＝ド＝ムール）としての面目が見える。だが一方で、服喪の夫人に魅了されたオリヴィエが、やはり喪服のアネートに魅せられる設定や、母の中に娘を愛し、娘の内に母の若き時を思慕するという二重性、いくつかの場所の繰り返しや伏線など、作中に仕掛けられた暗示は、象徴的手法にまで近づいている。

モーパッサン研究の第一人者ルイ＝フォレスティエは、『死のごとく強し』が他作と異なるのは、アトリエ、サロン、オペラ座、展覧会、モンソー公園といった「閉じられた空間」でほとんどが進行し、ノルマンディーや街路といった「開かれた空間」は、主人公にとって禁忌ないし凶事の場であると分析している。

しかし、モーパッサンが、たくさんの訂正や削除を経て本作を完成したにもかかわらず、好評をもって読みつがれなかったのは、作品全体をおおう筆力の疲弊感によるものではないだろうか。

新時代の恋愛の不毛――『われらの心』

サロンに咲く恋

モーパッサンが生前に完成させた最後の作品は、長編『われらの心』（一八九〇）である。一八九〇年五月から六月にかけて「両世界評論」誌に発表され、同六月、オランドルフ社より刊行された。舞台はパリのサロン。社交界の中年男女の恋愛を扱ったもので、前作『死のごとく強し』（一八八九）とシチュエーションは共通している。前作は初老の独身画家と人妻との恋物語。『われらの心』は、主情的な芸術肌の独身ディレッタントと、理知的な若い未亡人との交情である。

ただし、『死のごとく強し』が、愛人である人妻の令嬢に老画家が心まどい破滅的末路をたどるのに対して、『われらの心』では、主人公の男が恋人の冷やかさと実らぬ恋に失望し、田舎で出会った純朴な娘に救いを見いだす点が異なっている。『死のごとく強し』にみなぎっている憂鬱な気分とマゾヒズムは、病状悪化とこれに伴う精神の偏執的傾向によるものだが、『われらの心』からはそうした面が払拭されている。とはいえ、本作は一八九〇年代における新時代型の恋愛の不毛を主題としたもので、成就しない愛への主人公の煩悶と憔悴《しょうすい》には、痛々しいまでのものがある。

タイトルの「われらの心」とは、狭くは中心人物の男女、マリオルとド゠ビュルヌ夫人の生き方、考え方と解される。しかし、「われら」とは、同時代人、あるいは人間一般を指す広い意味にも理解される。ここは、一九世紀末当時における人心を描いたものと読み取るべきだろう。

小説の構成は、第一部が三章、第二部が七章、第三部が三章から成る。第一部は、ミシェール゠ド゠ビュルヌ夫人の社交生活と、アンドレ゠マリオルとの恋の始まり。第二部は、モン゠サン゠ミッシェルでの愛の高まりを頂点とする夫人とマリオルの恋の進展、そして凋落。第三部は、隠棲したマリオルの田園生活。女中に雇った素朴な娘エリザベートに心の慰めを求め、マリオルの心にほのかな光の射しそめるところで小説は終わる。

新時代の女性

まず、二八歳にしてパリ社交界に名を馳せているミシェール゠ド゠ビュルヌ夫人とは、いかなる女性か。夫人は以前、専制君主のような夫にかしずいていた。冷酷で、嫉妬深く、暴力的でさえある暴君の下での奴隷さながらの生活の後、突然の夫の死によって、夫人は解放される。生来、快活で奔放な夫人は、喪が明けると様々の芸術家を招き才知あふれるサロンを作る。サロンからは詩人が巣立ち、コンサートが開かれ、男たちは聖母のように夫人を慕い崇める。誰しも一度は夫人に恋心を抱くが、理性的で現代的な冷淡さをそなえたド゠ビュルヌ夫人は容易に寄せつけない。

ところで、『われらの心』と同じころに書かれた中編「あだ花」（一八九〇）に登場するマスカレ伯爵夫人にもここで触れておこう。マスカレ夫人は、その近代的性格という点で、ド=ビュルヌ夫人の同族といえる。

マスカレ伯爵夫人は結婚して一一年、三〇歳で子供が七人いる。そんなに子供を産み続けたのに、顔もスタイルも驚くほど美しい。しかし、横暴でやきもち焼きの夫が、夫人の浮気を恐れて常に種馬のような生活を強いて来たことに、ついに我慢ができなくなる。青春と美貌と理想の生活が、おぞましい生殖の犠牲にされてきたのだ。マスカレ夫人は、夫の利己主義にたまりかね、実は七人の子供の内の一人は、夫を裏切って産んだ子供だと嘘をつく。夫は妻の反逆に当惑し、悶々とした日を送る。夫人は颯爽《さっそう》と社交界に乗り出し、六年が過ぎる。ついに折れて出た夫に、あれは嘘で、夫への復讐であったと夫人は告白し、仲直りの手を差しのべる。この中編は、いささか作為的の観があるが、ブラックユーモアの面白さがある。だが、これまで専制的な夫にもっぱら屈従してきた妻が、潑剌と生きる権利を、独立した人間として生活する自由を主張し始めた点に注目したい。モーパッサンは、そうした自立心を持った、新世紀の女性をいち早く取り上げたのである。『われらの心』のド=ビュルヌ夫人も、そうした、時代の先端を行く女性である。

一方、ド=ビュルヌ夫人に恋し、その虜となるアンドレ=マリオルは、三七歳の裕福な独身者。才能は豊かで、バイオリンを弾き、彫刻も作るが、芸術は趣味にとどめている。初対面から互いに感

モン-サン-ミッシエル　『われらの心』の逢瀬の舞台となった修道院の尖塔が見える。フランス政府観光局提供

じるところはありながら、マリオルはすぐには夫人に隷属せず、夫人の方でも、今までの男たちのようにたやすく征服できる男でないことに驚く。

とはいえ、マリオルもサロンに通う内、夫人の魅力に惹きつけられていく。夫人の方でも、ついにはマリオルという男に、強烈な欲望、誠実さ、服従、そして献身を見抜き、喜びに揺れる。

第二部で、ド＝ビュルヌ夫人は、親戚の者たちとノルマンディーへ出かける機会に、偶然を装って、旅先でマリオルと出会うように仕組む。モン-サン-ミッシェルでの二人の逢瀬は作中の圧巻であり、精神的愛が凝縮された象徴的一瞬といえる。

モン-サン-ミッシェルは英仏海峡のサン-マロ湾に突き出した出島で、満潮時には孤立する。その岩山にいく世紀にもわたって僧院建築を積み重ねた、壮大な修道院は、中世の城砦のごとき威風を見せている。フランス有数の巡礼地であり、また観光名所でもある。迷路のような通路を登りつめると、最後の尖塔《せんとう》にいたり、そこには手すりのない鉄の螺旋階段がある。同行の者たちをしり目に、夫人とマリオルは天に向かってさらに登った。目のくらむ高さに、夫人はマリオルの腕にしがみつく。遠く水平線を見おろす海鳥の飛ぶ空間には、彼ら二人しかいない。

パリに帰るとマリオルは逢引のための家を借り、ド＝ビュルヌ夫人はそこに通う。サロンでも、夫人のマリオルへの愛は噂となる。夫人は、すべてを相手に捧げたいというかつてない思いを味わう。しかし、冬の訪れとともに、夫人の方は肉体的な結びつきにわずらわしさを覚え、自分はマリオルに与えすぎなのではないか、と考えるようになる。そしてついに最後の逢引の日、夫人が早々に引き上げた後、マリオルは悲しみに打ちのめされる。自分の激しい恋に応えてくれない夫人を諦め、マリオルは愛しながらも夫人の元を去る。

第三部。マリオルは、フォンテーヌブローの森に別荘を借りて隠れ住む。夫人を忘れようと苦しい努力を重ねる。女中エリザベートの優しさが、マリオルの病んだ心を少しは癒すが、ある日、ブナの森で、絡み合いかたく抱擁する二本の木を見て、痛恨をあらたにする。相克の果てに、樹液を混ぜ合わせ、永久に接合された二本の木は、マリオルの目に荘厳な表象と映る。たまらなくなって夫人に電報を打つ。翌日、会いに来た夫人に、思い切れない胸の内をマリオルは語る。理性の勝った冷淡な夫人は、情熱は長続きしないものと一蹴し、自分は自分なりに愛しているつもりだから、早く立ち直って戻って来るようにというと、さっさとパリへ帰ってしまう。

もはやマリオルの心を慰めるのは、若く美しい女中のエリザベートしかいない。夫人の出現に泣き崩れていたエリザベートを、マリオルはかたく抱きしめる。変わりなく愛してあげるよ、というマリオルのエリザベートへの言葉で小説は終わるのだが、優柔不断なマリオルと、単純で一途なだけのエリザベートの行く末には、頼りなさが感じられる。しかし、本作の主題はあくまで、全身全霊で恋に溺れていく男と、理知で己を律する進歩的な女との対比を描くことにあったと見るべきだろう。

愛の不毛と孤独

作家であり批評家でもあったアナトール＝フランスは、『われらの心』を神々の末裔である人類の、古来からの愛の形のもっとも今日的な姿を描いた作品である、と評する。そして、「一七世紀の芸術は徳性を、一八世紀の芸術は理性を信じた。一九世紀の芸術ははじめ情熱を信じたが、今や自然主義者たちにかかると、もはや信じるべきは天性である」とも述べている。人間の内奥にひそんでいて、これまでそれと気づいても目をそらされて来た生来の性向や本能の衝動を、ナチュラリストたちはあばき出し、とりわけ時代に鋭敏なモーパッサンは、同時代人の愛や孤独の根源にまでメスを入れる。

二〇代から三〇代にかけて、恋の逸楽を情欲の謳歌をわが人生とし、また作品にも披瀝してきたモーパッサンが、ここにいたって恋の不毛と孤独の深淵を描き切ったことは大きく評価してよい。同時代人の恋の不可能を論じる一方で、永遠の恋を求めさまよう者の寂寥感にもその筆は迫る。同時代の作家ポール＝ブールジェの讃辞そのままに、「愛されないこと以上に、愛することの深い苦しみ」が独白として描き尽くされた傑作心理小説といえる。

また、『われらの心』のもう一つの近代性は、伝統的なサロン文学の流れにありながら、象徴主義的色合いを持つ点にある。右に触れたモン＝サン＝ミッシェルの塔と、森の絡み合う樹木は、まさに愛の喜びと、恋の痛苦を象徴している。尖塔の階段で鳥のように浮遊感覚に酔う時、ド＝ビュルヌ夫人は愛の絶頂を感じている。マリオルもまた陶酔の頂点にはある。ところがマリオルにとっては、この空中階段は愛への第一歩にすぎない。魂を互いに与え合うのはこれからだと考えている。この天上の瞬間を境に、夫人はいっ時マリオルに肉体を与えるが、長くは続かない。心も冷静に戻っていく。そうしてマリオルの満たされない苦悶が始まる。

フォンテーヌブローの森でマリオルの見たブナの木は、二本の枝で細いカシの木に抱きついている。ブナの枝がカシを傷つけた所が、今は癒着し、二本の木は接合され樹液を混ぜ合わせてのびている。マリオルの病んだ魂には、カシとブナの時をかけた相克が、自分と夫人の、あるいは恋愛そのものの、苦悩の姿と映る。こうした表象作用を、夫人と、少女エリザベートにも当てはめるなら、夫人は理知、技巧、文明の代表であり、少女は、情感、素朴、自然の代名詞となろう。

ド＝ビュルヌ夫人には、モーパッサンの親友ルコント＝デュ＝ノユイ夫人が影を落としており、サロンの様子は、作家が出入したマチルド妃宅やポトカ伯爵夫人宅など、パリ社交界の実際の雰囲気を、プルースト並みによく伝えているとされている。しかし、こうして小説の舞台ともなった社交サロンや、貴婦人たちとの交友に、作家自身は本当に楽しみを見いだしていたのだろうか。少なくとも四〇代にいたると、作家はノルマンディーや南フランスの大気の中に安息を求めることが多くなる。

純真なエリザベートに安らぎを見いだすマリオルの最後の姿に、モーパッサン晩年の素顔が重なって来るように思われるのは、論者のみではあるまい。

未完の遺作

一八九〇年夏、『われらの心』を上梓したモーパッサンは、さっそく長編七作目に取りかかる。しかし、これを中断のまま、翌一八八一年には第八作目に筆をそめる。いずれも残されているのは冒頭部のみである。完成を見なかったのは、晩年の病状の進行とこれに伴う精神の破綻による。七作目は「異国人」と題し、『死のごとく強し』『われらの心』と同じ流れをくむ社交界小説。八作目は、「お告げの鐘」と題するノルマンディーの悲恋ものである。その大筋を述べておこう。

「異国人」の主人公マリオルは、裕福な遊蕩児。妖婦のような愛人に翻弄され続けるのを逃れて、パリを離れる。ここまでは、『われらの心』と似た運びで、主人公の名前も同じである。しかし、本作のマリオルが脱出する先は、各国貴族の集まるスイスの温泉地で、国際的な社交場である。この先は想像するしかないのだが、「異郷の魂」「外国の人」といった意味の原題から推測すると、異邦の上流婦人たちとの華やかな交情が展開されると思われる。一方、『われらの心』の筋からいくと、果てしない情痴の沼へと主人公を引き戻すパリの不吉な女を容易に断念できないのではないかとも考えられる。一八九〇年の「異国人」執筆当時、モーパッサンは妖しい魅力を持つカンヌの女につきまとわれ、その媚態に溺れることの多かったことから、そんな推量も生まれる。

仮にその女性が直接のモデルではないとしても、『ベラミ』のフォレスティエ夫人、『われらの心』のド゠ビュルヌ夫人といった、媚びと裏切りをないまぜに男を惑いの淵へと誘う女性に、作家は少なからず惹かれていたのではなかろうか。モーパッサン文学には、そうした妖女の系譜をたどることもできそうだ。

「お告げの鐘」の方は、ノルマンディーが舞台。普仏戦争に夫が出征中の若い公爵夫人が、侵入してきたプロイセンの兵に馬小屋へ追いやられる。原稿はここまでだが、精神が完全に異常をきたす直前に、小説の構想を友人に語ったところから、筋を推測することは可能である。

兵士の乱暴を受け、妊娠していた夫人は障害児を産む。その男の子は、やがて成長して恋をする。しかし、相手の少女は、障害のある青年の兄の方と相愛になり、憐れな青年は悲しみの内に死んでいく。この不幸な少年の誕生は、クリスマスの夜、馬屋でのことで、明らかにキリストを模している。聖母マリアにイエス降誕のお告げが下ったのを記念する祈り「アンジェラス」がタイトルである。

ることもそれを示唆している。しかし、不運な運命を担い自己犠牲的に生涯を終わるという点では少年はキリストと同じだが、一人の人間の犠牲によって救世が成就されるなどといおうとしているとは思われない。それどころか、神や宗教に対して冒瀆《ぼうとく》的でさえあるモーパッサンは、この障害者＝キリストも、神の残虐な享楽のために作られそして殺される玩具にすぎないと考えていた節がある。元来が無神論の上、四〇歳にして死へと一歩ずつ着実に近づきつつあるのを自覚していたモーパッサンが、一段と人生を呪い、世を厭《いと》い、神を恨んだであろう気持ちは理解できる。不治の病いが、たとえ自業自得の応報であるとしても。

一八九一年一二月、最後の栄光を賭けた「お告げの鐘」の執筆も、全身的な痛みと不眠により、続行不可能となる。そしてまさしく降誕祭の日、カンヌにあって奇矯な行動をとり始め、翌二六日には、はなはだしい精神の変調が確認されるにいたる。こうして、晩年の二作は、腹案の段階から自信作として作家が完成を悲願していたにもかかわらず、その誕生を見ることなく潰え去った。あえてこれら未完の遺作に作家自身の生涯の総括を問うならば、「異国人」には、男の一生を支配する女との葛藤、「お告げの鐘」には、人の命運を操る神との対決、と結論されようか。

Ⅳ　紀行作家として

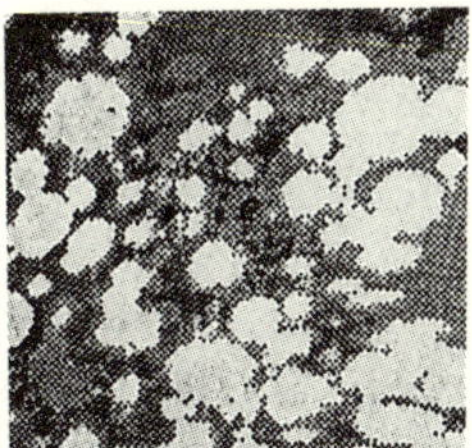

南方への旅――『太陽の下へ』

味わい深い紀行文

モーパッサンの嗜好の対象には、女性あり、ボートあり、狩猟あり、といろいろあるが、三〇代よりもっとも情熱を傾けたものに旅がある。一八八〇年、三〇歳のモーパッサンは、事実上、役所勤めから足を洗い文筆生活に入る。そして秋には、ノルマンディーあたりの小旅行では飽きたらず、地中海のコルシカ島へと足をのばす。この旅行がきっかけとなって、南フランスはもとより、北アフリカ、イタリアなど、南方への旅が繰り返されるようになる。それらの見聞は小説に素材を提供する一方で、紀行記事として新聞紙上に掲載され、まとめては本として刊行を見る。旅行記は三冊を数えるが、いずれも単なる見学記ではなく、旅先で筆者の心をよぎった様々な思いも記されているから、社会時評、文明批判、人生論でもあって、なかなかに味わい深い。

砂漠の誘惑

『太陽の下へ』（一八八四）は、アルジェリアの旅を中心にした一巻。一〇章からなるが、冒頭で、旅とはまだ見ぬ現実への門である、と述べている。真夏の暑さとめくるめく光の下で、太陽と砂漠の国をどうしても見たくなってアフリカへと旅立つ。これは、一八八一年七月から一〇月にかけてのアルジェリア行だが、その後も砂漠へのノスタルジーに誘われるかのように、一八八七年、一八八八年、一八九〇年、とアフリカへ足を運ぶ。病いからの逃避か、自己を取り戻すための冒険か、いずれにしても、そこにはあらたなる人間発見の尽きせぬ興味があったようだ。旅の記録とは別に、アフリカの旅からは、「マルロッカ」(一八八二)「一夜」(一八八九)「アルーマ」(一八八九)などの中・短編小説も生まれている。

さて、『太陽の下へ』の最初の章「海」ではマルセイユからの出航の様子が、次の章「アルジェ」ではアルジェリアの首都である白い町アルジェの模様が、「オラン州」ではさらに汽車で一日行ったシロッコの吹く暑い土地が紹介される。「ブー=アマーマ」の章では、フランス遠征軍を悩ませるアラブ人の戦略家ブー=アマーマの活躍を記しているが、明らかに当時のフランスの植民地政策への批判が読み取れる。次の章「アルジェ州」は、ひと月にわたるイスラム教の断食ラマダーンの風習とアラブ人娼婦について。

「ザレイズ」の章は一番長く、また紀行全体の山場ともいえる。駐屯軍の水補給地を探す旅に加わり、サハラ砂漠で、水のない塩湖すなわちザレイズの白い広がりを見た時の驚き。「カビリ――ブージー」の章は、アルジェリアでもっとも肥沃なカビリ地方と、ブージー湾に面したお伽の国の幻のように美しい小さな町ブージーのこと。そして、アルジェリアに生産性をもたらしたとはいえ、フランス総督府の横暴と利潤が、アラブ人たちの犠牲によることは心を痛ましめると述べている。「コンスタンティーヌ州」で、アルジェリア紀行は終わる。幻想的な川、ルメール川に取り巻かれたコンスタンティーヌの町。そこを後に、ボーヌより落日の中、フランスへと出帆する。

これらのアフリカ紀行とは別に、三つの旅のメモがいっしょに収録されている。「温泉にて」は、サブタイトルに「ド＝ロズヴェール侯爵の日記」とあるように、スイスの温泉町ロエシュ－レ－バンでのおそらくは自身の湯治体験を小説風に仕立てたもの。女優の卵ベルトを連れて一八八〇年の夏ひと月を、山の自然と上流客たちとの社交の中で過ごした記録。

次章「ブルターニュにて」は徒歩旅行の記録で、伝説の宝庫ブルターニュに残された伝承も織り込まれている。最後の「ル－クルーゾ」の章は、ソーヌ－ロワール県のル－クルーゾにある鉄工場見学記。灼熱した鉄材、炎を吐く溶鉱炉、歯車の迷宮、作られているのは鉄道のレールである。

以上で、『太陽の下へ』の一巻は成り立っているが、何といっても中心はアルジェリア紀行である。現地の自然、風物、人々の暮らしなどを克明に記す一方で、作家は旅への陶酔を述べ、植民地統治のやり方を批判もする。小説ではうかがい知ることのできない作家のなまの心情や政治的モラルをここに垣間見せるのである。

南フランス周航——『水の上』

洋上独白

紀行の二冊目『水の上』（一八八八）は、世にある紀行文の中でも群を抜くすばらしさで、そのフランス語も名文中の名文として知られる。水の作家モーパッサンにとって、川は危険な誘惑を、海は幸福と自由を象徴するものであったが、それがよく理解される作品でもある。日誌の形で書かれ、日付は四月六日から一三日まで。わずか一週間だが、ニースを発ち、アンティーブ、カンヌ、サン=ラファエルなど、南フランスの海岸沿いに地中海を周航し、朝、昼、夜の変化に富んだ海洋風景と、ベラミ号の船上で胸中を去来する人生への洞察の数々が語られる。

四月七日、前夜から強風を避けて船はカンヌの入江にいる。国際的リゾート地カンヌの地は、貴族たちの虚栄や社交的会話の虚しさを作家に思い出させる。人生を満足に思い、楽しみ、安んじている者たちへの痛烈な皮肉、嘲罵《ちょうば》。一方、自分を含めたペシミストたちは、反復されうつろいゆく日常に虚しさを覚え、空疎な現実は、科学でも芸術でも癒しえぬことを嘆く。

やがて悲愁の哲学は、戦争への糾弾、人類の卑小へと及ぶ。ベラミ号は、風を受けては軽快に進み、凪に会っては洋上に漂い、作家は闇を讃え月を愛でる。しかし、時には厭世の原因の一つでも

ベラミ号

あるひどい頭痛のあまり、エーテルを鼻にあてがう。歴史を語り、風俗を語り、友人を語り、舟のたゆたいのままに夢想の日記は漂泊の孤独を綴ってやまない。

『水の上』は、日誌という、船上という、海洋描写という、回想という、いくつもの枠組みが重層したもので、何重もの入れ子構造をなして、作家の思いの奥へ奥へとわれわれも揺られ揺られていざなわれていく。つれづれに書きつらねたかのように述べてはいるが、ここに書かれているものの喚起する力は他に類を見ない。短く凝縮された生涯の、晩年、四〇歳にも満たないモーパッサンが、技を凝らさずに吐露した、美しくも哀しい孤愁の絶唱である。

イタリア周航――『放浪生活』

さて、三冊目の旅行記は『放浪生活』(一八九〇)と題され、一〇章からなる。イタリアの印象が中心で、それは一八八五年四月から六月にかけてヨットで巡航の折のものだが、その後も一八八六年にあらたに買った大型船ベラミ号で、イタリア沿岸を周航している。

異郷の光、故郷の匂い

『放浪生活』の最初の章「倦怠」は、エッフェル塔嫌悪と、万国博覧会の雑踏への反発。それが引き金となっての旅への出発。次の章「夜」は、カンヌを出航して夜霧の中を進む船中での思索。作家は知覚作用の芸術的表現に思いをいたし、ボードレールの「交感」とランボーの「母音」を引用。格調高い音響詩を讃え、象徴派が示した五感の感受性に芸術の未来を見ようとしている。

次章「イタリア海岸」では、船がサヴォナに入港。美しいジェノヴァ市にいたり、サンタ-マルゲリタ、そしてピサに滞在してイタリアを満喫する。「シチリア島」は、一番長い章で、島の中心地パレルモの街の多面的な魅力をスケッチし、旅はシラクサに達する。パレルモのカプチン会修道士の墓所と、シラクサのヴィーナスの叙述は集中の白眉とされる。

「アルジェからチュニジアまで」「チュニジア」「ケルーアンへ」の三章は、一八八一年のバルト条約により、当時フランス保護領であった北アフリカの小国チュニジアの紀行。自然や風物への印象批評に、過去や廃墟への郷愁と現代文明批判なども まじえる。「ヴェネツィア」「イスキア」の章は、一八八五年五月の旅で接したヴェネツィアや、ナポリ湾の火山島イスキアほかの建築、絵画、彫刻など、美的観点での観察が多い。

さて、最後に付された「漁の町と戦いの町」では、ノルマンディーや南仏の港町を足早に数え上げる。この短い終わりの章で興味深いのは、魚や海草や網や塩水の匂いに、育ったささやかな漁港を回想するくだりである。これはおそらく、母の実家のある漁師町フェカンのことであろう。ここにいたってわれわれは、モーパッサンがパリの作家、ノルマンディーの作家であるだけでなく、海の作家であることに思い当たる。海あるいは海上の出来事を直接描いた作品は案外に少ないのだが、多くの作品は海辺に展開されるか、少なくとも背後に海の潮騒が聞こえてきそうに感じられる。

また、モーパッサンが匂いの作家であることにも改めて気づくだろう。小説中で頻繁に出会うことだが、五感の他の感覚を圧して、臭覚によってその場の状況を再現することに特にこの作家は巧みである。自分の体を通過したものでなければ、正確に書けないことを知っていたモーパッサンは、自分の感覚体験を元に小説のペンを進める。臭覚描写への偏重は、自身が鼻によって自分を包む世界を把握し嗅ぎ取っていたからである。

紀行作家モーパッサンを瞥見することから、旅行家としてのモーパッサンに加えて、水上の厭世論者、海辺の臭覚作家という素顔をはからずも照らしえたといえようか。

さて最後に繰り返せば、モーパッサンは読者を惹きつけて放さない短編の名手として知られてきた。また、『女の一生』に代表される長編小説もまたよく読まれてきた。しかし、紀行三編にもここで触れておいたのは、リアリズムの本質が、虚構にのみあるのではなく、現実の提示、自我の表白にもあると考えたからである。

作家の肖像とその思索は、固定されたイメージでとらえられるものではなく、時代が作家の何をどう読むかによって変わっていくのが自然である。今後も資料の分析や作品の解釈は、時とともに進展していくことだろう。

モーパッサンも、そろそろ人世の鮮やかな切り口を突き出して見せるだけの作家から、一九世紀後半を生きた生身の男として、時代の証人として、あらたな受けとめられ方がなされるべき時である。そうしたより鮮明な実像へと迫る足がかりの一つが、これら紀行文といえる。

これからは、ストーリーテラーとしてのみでなく、ドキュメントの速記者としてのモーパッサンにも光が当てられていくだろう。むろんそれが、人生の悲喜を内包する想像空間に、一瞬にしてわれわれを引き込む作家モーパッサンの文学世界と矛盾するものでないことはいうまでもない。

あとがき

本書の計画は、一九八九年に福田陸太郎先生のご紹介により、清水書院とお約束をしたのであったが、公私ともに様々のことが重なり、非常に長い時間が経過してしまった。書院にまず深くお詫びしなければならない。

原稿の遅れた大きな理由の一つは、一九九〇～九一年のパリ大学大学院への留学とその前後の諸事で、資料と分類カードは長いこと眠ったままとなった。しかし、渡仏のおかげで二つの幸運にもめぐまれた。

一つは、ソルボンヌの博士課程で、モーパッサン研究では第一人者のルイ＝フォレスティエ先生の講義を受講できたことである。先生は、ガリマール社のプレイアード叢書三巻（「短編と中編」I、同II、「長編小説」）を単独編纂されており、その解説、注釈、校訂、年譜、書誌の詳細にして精密なことはおそらく前例を見ない。一九九〇年度は、ユイスマンスを講義題目とされていたが、講義のはしばしにモーパッサンは顔を出し、泰斗《たいと》の謦咳《けいがい》に接するのみならず、モーパッサン研究へのいくつもの示唆をいただいた。

またもう一つは、滞在中にノルマンディー地方へ調査旅行に出かけられたことである。モーパッサンの生まれたミロメニルの館をはじめ、中等教育を受けたルーアンのコルネイユ校、「脂肪の塊」で舞台となったトートの旅籠など、モーパッサン文学の面影をたどることで、本書の構想も徐々に形作られていったといえる。

さらに原稿半ばで、一九九三年、モーパッサン没後一〇〇年を迎えたおかげで、「マガジヌ・リテレール」の特集号をはじめとする新資料、新刊書が公刊され、事実関係や作品解釈にいっそうの正確さをつけ加えることとなった。怪我の功名ということで、遅延のご勘弁をいただければさいわいである。

むろん小著のごときもので、モーパッサン文学の全貌が網羅できたとはとてもいえない。しかし、広く作品が読まれているのに比して、世に一般的な研究解説書は案外に少ない。その補いとして多少ともお役に立てばと思う。

ところで、モーパッサンには「クロニック」と称するジャーナリスティックな署名記事が多数ある。それらは時局的なもので、生前に刊本にまとめられるべき性質のものではなかったためか、さほど注目されることもないまま、わが国でも翻訳や紹介がなされずにきた。それは随想ともドキュメントとも社会批判とも見える紙上発表の記事で、ここでは仮に「時評」と呼んでおくが、今後もっと注目されてしかるべきジャンルである。たとえば、絵画鑑賞などに関するものもこれには含まれているから、美術批評家としてのモーパッサンの知られざる感性や思想も明らかにされようし、また一九世紀後半の世相、時代の習俗もおのずから示されてくるに違いない。本書では、そこまで触れられなかったが、さらなるモーパッサン理解への今後の課題として申し添えておきたい。

本書をまとめるに当たって、「はじめに」で申し上げた春陽堂書店の翻訳全集三巻と、右に述べたプレイアード叢書三巻を主として参考にさせていただいたが、その他にも多数の資料を参照した。巻末にその主要なものを参考文献として掲げ、感謝の意にかえさせていただく。

モーパッサン年譜

西暦	年齢	年譜	参考事項
一八三四			フランス、アルジェリア征服（～五七）
三五			バルザック『谷間の百合』
四〇			ゾラ生まれる（～一九〇二）。
四二			マラルメ生まれる（～九八）。
四六		11月、ロレーヌ地方の貴族の流れをひくギュスターヴ＝ド＝モーパッサンと、ノルマンディーの旧家の娘ロール＝ル＝ポワトヴァンが結婚。ロールの兄アルフレッドは幼少よりフローベールの親友。	
四八			ルイ＝ナポレオン、大統領となる。第二共和政（～五二）。 デュマ＝フィス『椿姫』
五〇		8・5、アンリ-ルネ-アルベール-ギィ＝ド＝モーパッサンがノルマンディーのトゥルヴィル-シュール-アルクの貸城館、ミロメニルに生まれる（フェカンでの誕生説もある）。	ラフカディオ＝ハーン生まれる（～一九〇四）。 バルザック死去（一七九九～）。 クールベ『オルナンの埋葬』

一八五一	1	トゥルヴィル-シュール-アルクの教会で洗礼を受ける。	ルイ=ナポレオンのクーデタ。反クーデタ派を制圧。 第1回万国博覧会（ロンドン）開催。 ゴンクール、「日記」を書き始める（〜八四）。 ネルヴァル『東方紀行』
五二	2		フランス新憲法布告。第二帝政（〜七〇）。ナポレオン三世皇帝となる。 デュマ=フィス『椿姫』（戯曲） ゴーチエ『螺鈿七宝集』 ルコント=ド=リール『古代詩集』 トルストイ『幼年時代』 ツルゲーネフ『猟人日記』
五三	3		オスマン、セーヌ県知事となり、パリ市街の整備開始。 クリミア戦争おこる（〜五六）。 ユゴー『懲罰詩集』
五四	4	モーパッサン一家、グランヴィル-イモーヴィルの館に移る。父ギュスターヴと母ロール、不和となる。	ネルヴァル『火の娘たち』
五五	5		パリ万国博覧会（第1回）開催。 ネルヴァル『オーレリア』

一八五六	6	5月、弟エルヴェ生まれる。	ホイットマン『草の葉』 パリ講和会議。
五七	7		ユゴー『静観詩集』 ミュッセ死去（一八一〇〜）。 フローベール『ボヴァリー夫人』 ボードレール『悪の華』
五九	9	パリのナポレオン帝室高等中学校に入学（〜六〇）。	グノー『ファウスト』 日本、安政の大獄。 ダーウィン『種の起源』 ユゴー『諸世紀の伝説』 ミストラル『ミレイユ』 ツルゲーネフ『貴族の巣』
六〇	10	両親別居。母ロール、弟エルヴェとエトルタの別荘に住む。	北京条約締結。 アメリカ、南北戦争おこる（〜六五）。 メキシコ出兵（〜六七）。 チェホフ生まれる（〜一九〇四）。
六二	12	両親、正式離婚。	フローベール『サランボー』 ユゴー『レ-ミゼラブル』 ツルゲーネフ『父と子』 ルコント＝ド＝リール『夷狄詩集』
六三	13	イヴトーの神学校の寄宿生となる（〜六七）。	リンカーン、奴隷解放宣言。 ヴィニー、ドラクロワ死去。

一八六四	14		フロマンタン『ドミニック』 ゴーチエ『カピテーヌ・フラカス』 リトレ『フランス語辞典』 マネ「オランピア」「草上の昼食」 第一インターナショナル結成。
六五	15		リンカーン、暗殺される。 ゴンクール『ジェルミニー=ラセルトゥ』 ワグナー『トリスタンとイゾルデ』
六六	16	夏、エトルタの海でイギリスの詩人スウィンバーンを助け、知己を得る。 厳格な神学校の生活を嫌い、詩作を始める。	普墺戦争おこる。 印象派画家グループの活躍。 ドストエフスキー『罪と罰』 『現代高踏詩集』(第一次)
六七	17		パリ万国博覧会(第2回)開催。 ボードレール死去(一八二一〜)。 マルクス『資本論』(〜九四) ゾラ『テレーズ=ラカン』
六八	18	神学校を退学後、ルーアンのコルネイユ高等中学校で寄宿生として修辞学級を修了。 フローベール、および伯父アルフレッド=ル=ポワトヴァンの親友、詩人ルイ=ブイエを文学上の師とする。	日本、明治維新。 ドストエフスキー『白痴』
六九	19	ルイ=ブイエ死去。	スエズ運河開通。

		大学入学資格試験に合格。秋、パリ大学法学部に入学。	ラマルチーヌ、サント=ブーヴ死去。 ゴーリキー、ジード生まれる。 ドーデ『風車小屋だより』 ボードレール『パリの憂鬱』
一八七〇	20	普仏戦争による召集を受け、ルーアンについでパリに配属される。敗戦とプロイセン軍の侵攻を目の当たりにする。	7月、普仏戦争（〜七一）おこる。プロイセン軍、ルーアンに侵入。 9月、スダンの敗北。ナポレオン三世、捕虜となる。パリ陥落、休戦。共和国宣言。国防政府樹立。 デュマ=ペール、ジュール=ド=ゴンクール、メリメ、ディケンズ死去。 テーヌ『知性論』 フローベール『感情教育』
七一	21	3月、一時エトルタに帰省。 10月、兵役を解除される。	1月、ドイツ帝国成立。 1月、普仏休戦協定成立。 3月、プロイセン軍、パリ入城。パリ=コミューン（〜五月）。第三共和政（〜一九四〇）。 プルースト生まれる（〜一九二二）。 ランボー『酔いどれ船』 ゾラ『ルーゴン・マッカール叢書』（〜九三）。
七二	22	3月、海軍省に就職（〜七八）。 日曜日ごとにフローベールを訪問、文学上の	ゴーチエ死去（一八一一〜）。 ドーデ『タルタラン=ド=タラスコン』

一八七三	23	指導を受ける。 海軍省事務官となり、年俸一五〇〇フラン。 セーヌ川でボート漕ぎや水泳に熱中。役人生活の憂さ晴らしに奔放に遊ぶ。	ナポレオン三世死去。マクマオン、大統領となる。 ランボー『地獄の季節』 ヴェルヌ『八十日間世界一周』 ドーデ『月曜物語』
七四	24	パリ、ミュリヨ街のフローベールの家で、エドモン＝ド＝ゴンクール、ゾラ、ドーデ、ツルゲーネフらと知り合う。	第1回印象派グループ展開催。 フローベール『聖アントワーヌの誘惑』 ヴェルレーヌ『ことばなき恋歌』
七五	25	ジョゼフ＝プリュニエの筆名で、短編「剝製の手」をはじめて発表。 合作の艶笑劇「バラの葉、トルコ楼」を友人のアトリエで上演。	フランス第三共和国憲法を発布。共和派優勢（〜八五）。 ラヴェル生まれる（〜一九三七）。 ビゼー死去（一八三八〜）。
七六	26	詩「水のほとり」、評論「ギュスターヴ＝フローベール研究」を「文学共和国」に発表。 ほかにも雑誌・新聞への寄稿を始める。毎木曜日、ゾラの家で若い自然主義作家たちと交流。	ジョルジュ＝サンド死去（一八〇四〜）。 マラルメ『牧神の午後』
七七	27	9〜10月、神経系の病状を自覚し、海軍省より休暇を取って、スイスの鉱泉場ロエーシュ＝レ＝バンで保養。 短編「聖水授与者」を「モザイク」に発表。	露土戦争おこる（〜七八）。 マクマオン、大統領退任。 ゾラ『居酒屋』 エドモン＝ド＝ゴンクール『娼婦エリザ』

一八七八	28	『女の一生』の最初のプランを練る。 母を見舞い、エトルタに滞在。 10月、クロワッセのフローベール家に滞在。 12月、海軍省より文部省に転職（〜八二）。	ベルリン会議。 パリ万国博覧会（第3回）開催。 ファーブル『昆虫記』
七九	29	2月、一幕韻文喜劇『昔語り』を第三フランス座で上演、好評を博す。 3月、トレス社より『昔語り』を刊行。 9月、ブルターニュ地方を旅行。	「ラ-マルセイエーズ」、フランス国歌となる。 ドストエフスキー『カラマーゾフの兄弟』 イプセン『人形の家』 パナマ運河会社設立。
八〇	30	1月、地方誌に転載された詩「壁」「娘」が、エタンプ市の検事局より風俗壊乱のかどで追及を受ける。 4月、『メダンの夕べ』刊行。ゾラの提唱で普仏戦争を題材にした6人の作家が競作。「脂肪の塊」が絶讃を浴び、モーパッサンの文名が一挙に上がる。『詩集』上梓。眼疾の自覚強まる。 5月、フローベール、クロワッセで死去、葬儀。 文部省を休職し、事実上の文筆生活に入る。 9〜10月、南仏、コルシカ島に旅行。「ゴーロワ」「ジル-ブラス」「フィガロ」の寄稿	マラルメの「火曜会」始まる。フランス象徴主義おこる。 ゾラ『ナナ』『実験小説論』『メダンの夕べ』 ロダン「考える人」

一八八一	31	者となる。5月、最初の短編集『メゾン-テリエ』をアヴァール社より刊行。7～10月、アルジェリアを中心に北アフリカを旅行。	アナトール=フランス『シルヴェストル=ボナールの罪』 フローベール『ブーヴァールとペキュシェ』(遺作) イプセン『幽霊』 ヴェルレーヌ『叡智』
八二	32	5月、第二短編集『フィフィ嬢』をベルギーのキストゥマケルス社より刊行。南仏のマントンに母を訪ねる。夏、ブルターニュ地方を旅行。創作力は旺盛で、六十数編の中・短編を発表。12月、正式に文部省を退職。	三国同盟（独・墺・伊）成立。仏軍、トンキン遠征。アミエル『日記』
八三	33	2～4月、長編『女の一生』を「ジル-ブラス」に連載。4月、『女の一生』をアヴァール社より刊行。三万部を売り尽くし、名声が世界的となる。エトルタに別荘ギィエット荘を建てる。6月、作品集『山しぎ物語』をルヴィル-エ-ブロン社より刊行。11月、フランソワ=タサール、下僕となる。12月、母と弟のいるカンヌに滞在。短編集	マネ、ワグナー、ツルゲーネフ死去。ニーチェ『ツァラトゥストラはこう語った』 ガルシン『赤い花』 リラダン『残酷物語』

一八八四	34	『月光』刊行。人気作家となり、パリ社交界に出入。1～3月、南仏カンヌに退避。女性関係多し。神経症、視力障害に悩まされる。エトルタで長編『ベラミ』執筆。デュロン街からモンシャナン街に引っ越し。短編集『ミス=ハリエット』『ロンドリ姉妹』、紀行『太陽の下へ』刊行。	清仏戦争おこる（～八五）。ユイスマンス『さかしまに』ルノワール「水浴する女たち」ドーデ『サフォー』ヴェルレーヌ『詩法』
八五	35	眼疾つのる。3月、短編集『昼夜物語』刊行。4～6月、イタリア、シチリアへの旅行。長編『ベラミ』を「ジル-ブラス」に連載、アヴァール社より刊行。夏、オーヴェルニュのシャテルギヨン温泉に滞在。長編第三作『モントリオル』に着手。冬、南仏アンティーブに別荘ミュテルス荘を、また新しい大型ヨット「ベラミ号」を購入。短編集『パラン氏』、選集『コントとヌヴェル』を刊行。	第一回インド国民会議開催。パナマ運河着工（～一九一四）。天津条約締結。ユゴー死去（一八〇二～）。ゾラ『ジェルミナル』マラルメ『プローズ』
八六	36	1～2月、南仏に滞在。イタリア旅行。夏、イギリスに短期の旅行。シャテルギヨンで保養と執筆。エトルタ、アンティーブに	イギリス、ビルマ併合。ブーランジェ将軍、陸相に就任（～八七）。リラダン『未来のイヴ』

		滞在。視力が著しく低下。	ロチ『氷島の漁夫』 ニーチェ『善悪の彼岸』
一八八七	37	短編集『トワーヌ』『ロックの娘』刊行。『モントリオル』を脱稿し、「ジル-ブラス」に連載。病状つのり、創作意欲は減退。居宅をモンシャナン街からセーヌ河畔シャトゥに移す。7月、気球でパリからベルギーへ飛ぶ。弟エルヴェ、狂気の発作おこし、精神病院に入院。10月、北アフリカへの旅行。	フランス領インドシナ連邦成立。 ブーランジェ事件（〜八九）。 ゾラ『大地』
八八	38	1月、アフリカより戻る。「ベラミ号」で地中海を周航。2月、「フィガロ」連載の長編『ピエールとジャン』完結し、刊行。短編集『ユッソン夫人ご推薦の受賞者』、紀行『水の上』刊行。カンヌからアルジェリア、チュニジアへ旅行。エックス-レ-バンほかの温泉を転々とする。眼疾、不眠に悩みつつ、『死のごとく強し』を執筆。	ドイツ帝国でヴィルヘルム二世即位（〜一九一八）。 ジュール=グレヴィ、大統領辞任。 フォーレ「レクイエム」 ベルグソン『意識の直接与件に関する試論』
八九	39	2〜5月、『死のごとく強し』を「ルヴュ-	第一回パン-アメリカ会議。

		イリュストレ」に連載。完結と同時にオランドルフ社より刊行。短編集『左手』を同社より刊行。 頭痛のため、麻酔剤を頻用。死の恐怖から、頻繁な旅行と転居。 9～10月、ベラミ号でイタリア旅行。 11月、弟エルヴェ、リヨン近郊のブロンの精神病院で死去。 母につき添い、南仏に滞在。	ブーランジェ、国外へ逃亡。 パナマ運河会社破産。 第二インターナショナル結成（～一九一四）。 パリ万国博覧会（第4回）開催。エッフェル塔完成。 ブールジュ『弟子』
一八九〇	40	6月、エックス-レ-バンで湯治。 8月、プロンビエールで湯治。 10月、北アフリカへの旅行。 11月、ルーアンのフローベール記念除幕式に参列。 カンヌ、エトルタ、ニース、リヨンに滞在。	ビスマルク、失脚。 ヴァン=ゴッホ自殺（一八五三～）。 ゾラ『獣人』 クローデル『黄金の頭』
九一	41	種々の病勢つのる。 3月、ノルマンとの合作劇『ミュゾット』をジムナーズ座で上演。戯曲はオランドルフ社より刊行。 6月、ディヴォンヌ-レ-バンに湯治に赴くが、病状悪化。 夏、各地の湯治場で療養。異常な言動が目立	露仏同盟結成。 ブーランジェ、ブリュッセルで自殺。 テオドール=ド=バンヴィル、ランボー死去。 ジード『アンドレ=ワルテルの手記』 ユイスマンス『彼方』 ワイルド『ドリアン=グレイの肖像』

		つようになる。	モネ「睡蓮」
一八九二	42	11月、カンヌに借りているイゼールの別荘に滞在。死の恐怖と幻覚に取りつかれる。12月、遺書をしたためる。1月、南仏イゼールの別荘でペーパーナイフにより自殺を企てる。列車で運ばれ、パリ、パッシーのブランシュ博士の精神病院に入院。錯乱と鎮静がくりかえされる。	パナマ運河疑獄事件。露仏軍事協定締結。ルナン死去（一八二三〜）。ドビュッシー「牧神の午後への前奏曲」
九三	43	1月、拘束服を着せられる。3月、喜劇『家庭の平和』、フランス座で上演、出版。7・6、パリのブランシュ博士の病院で死去。7・8、サン-ピエール=ド=シャイヨ教会で葬儀ののち、モンパルナス墓地の第二六区に葬られる。	テーヌ死去（一八二八〜）。メーテルランク『ペレアスとメリザンド』エレディア『戦勝牌』マラルメ『詩と散文』
九四			ドレフュス、逮捕される。ルナール『にんじん』
九六			ジャリ『ユビュ王』
九七		パリ、モンソー公園に記念像建つ。	ドレフュスの再審開始。
九九		短編集『ミロンじいさん』刊行。オランドルフ社より、最初の全集刊行開始（〜一九〇四）。父オーギュスト、サン-マクシムで死去。	南ア戦争おこる（〜一九〇二）。アメリカ、門戸開放宣言。

一九〇〇		短編集『行商人』刊行。 ルーアン市のソルフェリノ広場に胸像建立。	
〇二		『脂肪の塊』、アントワーヌ座で上演。	北京議定書調印。
〇三		母ロール、ニースで死去。	アメリカ、パナマ運河地帯の租借。
〇七		コナール社より全集刊行。	英露協商締結。
一一		『ベラミ』、ヴォードヴィル座で上演。	中華民国の成立。

参考文献

（比較的、入手・閲覧可能な主要文献に限った）

●作品と解説

『モーパッサン全集　1』――――春陽堂　一九六五
『モーパッサン全集　2』――――春陽堂　一九六五
『モーパッサン全集　3』――――春陽堂　一九六六
『モーパッサン』（世界の文学24）　小佐井伸二・宮原信訳――――中央公論社　一九六三
『モーパッサン』（グリーン版　世界文学全集16）　杉捷夫訳――――河出書房新社　一九六五
『モーパッサン』（世界文学大系47）　宮原信・中村光夫・杉捷夫訳――――筑摩書房　一九六六
『モーパッサン』（新潮世界文学22）　新庄嘉章・田辺貞之助・杉捷夫・青柳瑞穂訳――――新潮社　一九六九
『集英社ギャラリー〔世界の文学〕7　フランスII』（「女の一生」斉藤昌三訳）――――集英社　一九九〇
Œuvres complètes illustrées, *Des Vers*, Ollendorff, 1904.
Bibliotèque de la Pléiade (par Louis Forestier), *Contes et nouvelles* I, Gallimard, 1974.
Bibliotèque de la Pléiade (par Louis Forestier), *Contes et nouvelles* II, Gallimard, 1979.
Bibliotèque de la Pléiade (par Louis Forestier), *Romans*, Gallimard, 1987.

●伝記と研究

『モオパッサン』　永井荷風・後藤末雄――――実業之日本社　一九一五
『フロオベルとモウパッサン』　中村光夫――――筑摩書房　一九四〇
『モウパッサン』　正宗白鳥――――文藝春秋新社　一九四八

『フランス自然主義文學』 辰野隆・本田喜代治 —— 小石川書房 一九四八
『モーパッサン』 小西茂也・大西忠雄 —— 青磁社 一九四九
『モーパッサンの情熱的生涯』 ステファン・クールター著 河盛好蔵訳 —— 文藝春秋新社 一九六三
『フランス自然主義』 ピエール・マルチノ著 尾崎和郎訳 —— 朝日出版社 一九六八
『モーパッサンの生涯』 アルマン・ラヌー著 河盛好蔵・大島利治訳 —— 新潮社 一九七三
『流星の人モーパッサン——生涯と芸術』 大塚幸男 —— 白水社 一九七四
『ゴッホとモーパッサン』 清水正和 —— 皆美社 一九九三
『花袋・フローベール・モーパッサン』 山川篤 —— 駿河台出版社 一九九三
Francois Tassart, *Souvenirs sur Guy de Maupassant*, Plon, 1911.
Albert-Marie Schmidt, *Maupassant par lui-même*, Seuil（écrivains de toujours）, 1962.
René Dumesnil, *Guy de Maupassant*, Jules Tallandier, 1979.
Bibliotèque de la Pléiade（par Sacques Rêda）, *Album Maupassant*, Gallimard, 1987.
Henri Troyat, *Maupassant*, Flammarion（Le livre de poche）, 1989.
Alain-Claude Gicquel, *Tombeau de Guy de Maupassant*, L'Incertain, 1993.
Magazine Littéraire No 310 : *Guy de Maupassant*, mai 1993.

さくいん

【人名】

【事項・地名】

モーパッサン■人と思想131　　定価はカバーに表示

1996年11月20日　第1刷発行©
2015年9月10日　新装版第1刷発行©

・著　者 ……………………………村松《むらまつ》　定史《さだふみ》
・発行者 ……………………………渡部　哲治
・印刷所 ……………………………広研印刷株式会社
・発行所 ……………………………株式会社　清水書院

〒102-0072　東京都千代田区飯田橋3-11-6
Tel・03(5213)7151〜7
振替口座・00130-3-5283
http://www.shimizushoin.co.jp

検印省略
落丁本・乱丁本はおとりかえします。

Century Books

Printed in Japan
ISBN978-4-389-42131-1

CenturyBooks

清水書院の〝センチュリーブックス〟発刊のことば

近年の科学技術の発達は、まことに目覚ましいものがあります。月世界への旅行も、近い将来のこととして、夢ではなくなりました。しかし、一方、人間性は疎外され、文化も、商品化されようとしていることも、否定できません。

いま、人間性の回復をはかり、先人の遺した偉大な文化を継承して、高貴な精神の城を守り、明日への創造に資することは、今世紀に生きる私たちの、重大な責務であると信じます。

私たちがここに、「センチュリーブックス」を刊行いたしますのは、人間形成期にある学生・生徒の諸君、職場にある若い世代に精神の糧を提供し、この責任の一端を果たしたいためであります。

ここに読者諸氏の豊かな人間性を讃えつつご愛読を願います。

一九六七年

清水楊山

SHIMIZU SHOIN